HORA do
MEDO

HORA do MEDO

Carmen Lucia Campos

Flávia Muniz

Manuel Filho

Shirley Souza

O ladrão de órgãos
e outras lendas urbanas

Este livro segue as normas do novo
ACORDO ORTOGRÁFICO

Ilustrações de Mariana Cagnin

PANDA BOOKS

© Carmen Lucia Campos, Flávia Muniz, Manuel Filho e Shirley Souza

Diretor editorial
Marcelo Duarte

Diretora comercial
Patty Pachas

Diretora de projetos especiais
Tatiana Fulas

Coordenadora editorial
Vanessa Sayuri Sawada

Assistentes editoriais
Lucas Santiago Vilela
Mayara dos Santos Freitas

Assistentes de arte
Alex Yamaki
Daniel Argento

Concepção e coordenação da coleção
Carmen Lucia Campos
Shirley Souza

Projeto gráfico e diagramação
Shiquita Bacana Editorial

Preparação
Liliana Pedroso

Revisão
Sandra Brazil

Impressão
Corprint

CIP – BRASIL. CATALOGAÇÃO NA PUBLICAÇÃO
SINDICATO NACIONAL DOS EDITORES DE LIVROS, RJ

O ladrão de órgãos e outras lendas urbanas/ [Carmen Lucia Campos... et al.]; ilustração Mariana Cagnin. – 1. ed. – São Paulo: Panda Books, 2013. 104 pp. il. (Hora do Medo, 2)

ISBN: 978-85-7888-304-1

1. Conto infantojuvenil brasileiro. I. Campos, Carmen Lucia. II. Cagnin, Mariana. III. Título. IV. Série.

13-03538	CDD: 028.5
	CDU: 087.5

2013
Todos os direitos reservados à Panda Books.
Um selo da Editora Original Ltda.
Rua Henrique Schaumann, 286, cj. 41
05413-010 – São Paulo – SP
Tel./Fax: (11) 3088-8444
edoriginal@pandabooks.com.br
www.pandabooks.com.br
twitter.com/pandabooks
Visite também nossa página no Facebook.

Nenhuma parte desta publicação poderá ser reproduzida por qualquer meio ou forma sem a prévia autorização da Editora Original Ltda. A violação dos direitos autorais é crime estabelecido na Lei nº 9.610/98 e punido pelo artigo 184 do Código Penal.

Sumário

7. Lendas urbanas e o medo ao longo do tempo

Carmen Lucia Campos

11. O caso do ladrão de órgãos

23. A paixão da noiva cadáver

Flávia Muniz

35. O sepulcro do corpo-seco

47. Chupa-cabras, nascido para assombrar

Manuel Filho

59. A mulher do táxi

69. O homem do saco

Shirley Souza

81. Encontros com a loira do banheiro

93. A mensagem do mal

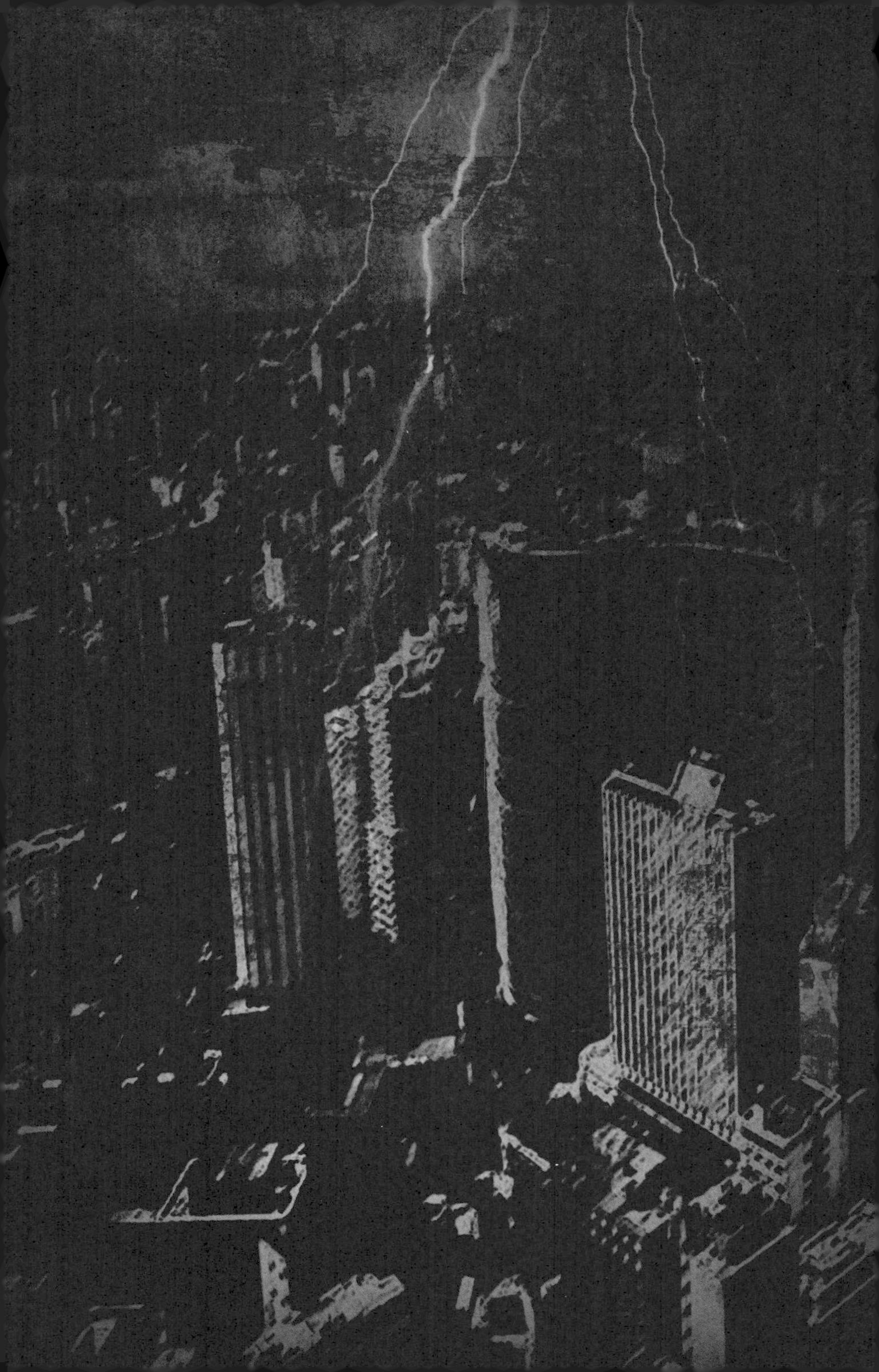

lendas urbanas
e o medo ao longo do tempo

Sempre existiram histórias criadas para provocar medo e que eram passadas adiante como se fossem reais, por meio de um boca a boca que as transformavam, as enriqueciam, acrescentando episódios e detalhes, tornando-as cada vez mais terríveis e fantásticas. Boatos, rumores que, com o tempo, tornavam-se lendas.

As lendas urbanas são assim: histórias nascidas de casos contados oralmente, que fazem uso dos medos presentes em nosso mundo atual para transmitir um aviso de cautela, causar pânico ou simplesmente divertir. Ataques alienígenas, assassinatos, tráfico de órgãos, contaminações, assombrações, mensagens do além, as lendas urbanas descrevem ameaças que podem estar em todos os lugares e são capazes de atingir qualquer pessoa.

Essa característica da lenda urbana, de algo nela soar bastante realista, ainda que seja alta a dose de sensacionalismo, faz a dúvida se estabelecer: isso realmente aconteceu?

Dessa forma, baseado na dúvida, o que é contado ganha força e é passado adiante como um fato real, ou possivelmente real... A história é espalhada e perpetuada, recebendo novos detalhes a cada repetição. Toda lenda urbana é uma narrativa viva, não há uma versão definitiva: sempre existirá um relato novo e diferente sobre ela, como os que você encontrará neste livro.

O curioso é que, ao ser recontado, o episódio tenebroso costuma envolver alguém com quem não temos uma relação direta, mas é próximo de um conhecido nosso, ou sabemos de quem se trata, pode ser também um amigo do amigo...

É por essa razão que uma das denominações dessas lendas em inglês é *FOAF-Tales* (*friend of a friend's tales* – contos do amigo de um amigo).

Vale pensar que muitas dessas lendas realmente nasceram de fatos reais que sofreram adaptações e ganharam elementos ficcionais, transformando-se em narrativas assombradas, exageradas e atrativas. Mas é quase impossível identificar com precisão o acontecimento que originou a lenda.

Esse é o caso do homem do saco, por exemplo, que apresenta diversas versões sobre sua origem – a mais antiga é do século XII, baseada em uma série de crimes cometidos na Europa. A loira do banheiro também traz inúmeros casos reais apontados como sendo a origem do mito, mas é impossível determinar qual deles é o verdadeiro.

Nem todas as lendas urbanas são recentes, algumas nasceram há muito tempo e sofreram constantes alterações, recebendo elementos que fazem que elas pareçam atuais. É o que acontece com a história do fantasma feminino que pede carona – até de carruagem ele já andou!

As lendas urbanas existem em todo o mundo e muitas delas são universais, sofrendo ajustes de acordo com a cultura em que são contadas, mas mantendo um enredo comum, como o da noiva cadáver, personagem conhecida em todos os continentes. Outras são regionais e têm relação com as crenças ou os acontecimentos locais, como a história do corpo-seco, que você lerá neste livro.

Essas narrativas ultrapassaram o universo do relato oral e chegaram à literatura, ao cinema e à internet, onde começaram a ser transformadas e transmitidas em uma velocidade incrível. E há, ainda, lendas urbanas criadas na internet, como as histórias dos ataques de vírus virtuais que não existem.

São diversos os exemplos da presença de lendas urbanas no cinema. No filme *Atividade Paranormal 3* (2011), há uma referência à Maria Sangrenta, o equivalente à nossa loira do banheiro nos Estados Unidos. *A noiva cadáver* (2004) é uma animação que conta para as crianças a história assombrada da jovem noiva assassinada. Vários outros filmes e séries televisivas recontam lendas urbanas de forma aterrorizante.

Em *O ladrão de órgãos e outras lendas urbanas* você encontrará oito contos de quatro autores contemporâneos. O roubo de órgãos, o ataque da noiva cadáver, o corpo-seco que revive, a aparição do chupa-cabras, a mulher do táxi em seu passeio anual, a ameaça do homem do saco, a invocação da loira do banheiro e a mensagem oculta na música são os temas dessas narrativas.

Neste livro, as lendas urbanas ganham tonalidades realistas, aproximam-se de nosso cotidiano e reforçam a dúvida: será verdade? Que tal ler e descobrir?

CORPUS

Carmen Lucia Campos

O caso do ladrão de órgãos

Josué não conseguia desgrudar os olhos da parede à sua frente. O coração acelerado, a respiração ofegante, o corpo espremido por muitos outros... Nada disso o incomodava. Toda sua atenção estava voltada para o sangue que escorria vertiginosamente lá do alto e acumulava-se em grandes poças em meio à escuridão. Ele, que não suportava sangue, parecia hipnotizado diante daquela cena.

Pouco a pouco, as manchas vermelhas foram se movimentando, adquirindo novas formas, transformando-se em letras, que, juntas, fizeram surgir a palavra mágica: CORPUS.

Explosão de néon no painel e explosão de adrenalina na calçada, onde uma multidão enlouquecida antecipava as emoções de uma noite que prometia ser inesquecível.

A casa noturna era o assunto do momento entre a juventude daquela cidadezinha sem grandes atrações. Vivia lotada.

A fama do lugar havia se espalhado rapidamente e gente de todo canto vinha conhecer a melhor balada da região.

Diziam que era impossível descrever o que acontecia lá dentro. Não adiantava insistir que ninguém contava nada. Até contrato de sigilo tinha de ser assinado na entrada. Tanto mistério servia para estimular a imaginação de quem não tinha idade ou dinheiro para entrar e conferir.

Assim que as portas começaram a se abrir, a fila inteira se agitou. Podia haver ali alguém tão ansioso quanto Josué, mais do que ele, não. Afinal, tinha passado os últimos meses economizando cada centavo para comemorar o aniversário de um jeito especial: na Corpus, sem nenhum conhecido por perto e sem precisar dar satisfação a ninguém. Nada de convidar amigos ou avisar parentes.

Ele se divertia só de pensar na reação da turma quando chegasse, todo orgulhoso, contando sua aventura: "O pessoal vai morrer de inveja e eu vou morrer de rir da cara dos otários".

Perto de, finalmente, realizar seu sonho, Josué fazia de tudo para disfarçar: não queria parecer um moleque deslumbrado que estava ali pela primeira vez.

Só que acabou se atrapalhando: tropeçou logo na entrada, não entendeu o que o segurança lhe disse, esbarrou em alguém, foi xingado... Nada disso, porém, foi suficiente para diminuir seu entusiasmo. Tinha um único pensamento: aproveitar ao máximo aquela noite, como se fosse a última.

Caminhou lentamente na escuridão barulhenta e só parou quando seus olhos foram fisgados por um visual alucinante: luzes piscando sem parar... Chuva de bolhas de ar...

Jatos de fumaça colorida... Sombras dançantes que iam e vinham por todo o ambiente...

Na parede no fundo do palco, um desenho iluminado do corpo humano exibia os órgãos internos. Aos poucos, pulmões, rins, fígado, coração iam se apagando e a figura toda desaparecia no escuro... De repente, em seu lugar surgia uma nova imagem: uma caveira se agitando no ritmo da música.

– Muito louco! – Josué não escondia sua empolgação.

Os acordes de sua canção preferida invadiram-lhe os ouvidos e ele se deixou levar até a pista. Entregou-se de corpo e alma à melodia contagiante de *Just a nightmare*. De olhos fechados, sentia-se totalmente livre, solto no tempo e no espaço... Um esbarrão, seguido de um grito de dor, contudo, o trouxe de volta à realidade:

– Ai, perdão... Pisei no seu pé. Foi sem querer...

A mulher à sua frente parecia ignorar seu pedido de desculpas, mas, instantes depois, deu-lhe um sorriso. Sentiu-se aliviado. E fascinado também. Ela era muito bonita! De uma beleza incomum: cabelos vermelhos... olhos penetrantes...

O êxtase de Josué despertou a ira do homem que estava ao lado da desconhecida. Depois de encará-lo agressivamente, o sujeito puxou o braço da companheira com violência. Seu aspecto era assustador: grandalhão, barba enorme, mancha na testa e expressão que lembrava a de um *serial killer*...

O clima estava pesado e o melhor era sair dali. Não queria se meter em confusão. Foi até o bar em busca de alguma bebida que lhe aplacasse a sede e acalmasse os nervos.

– O que vai ser?

Indecisão. Preferiu não arriscar e ficar com o de sempre...

A reação do *barman* o irritou. Tratado como se fosse um garotinho pedindo mamadeira, sentiu-se humilhado.

Ao estender o braço para pegar o refrigerante, foi impedido por alguém. Assustou-se.

– Amon, leve de volta essa bebida de criança.

Virou-se para ver quem ousava se meter em sua vida daquele jeito. Deu de cara com um rosto conhecido.

– Você?!

Indiferente, a ruiva da pista de dança ordenou ao homem atrás do balcão:

– Traga aquela do Doutor.

– Mas... eu...

Ela não deu tempo para Josué protestar. Só o olhou fixamente e disse:

– A ocasião merece algo especial, você não acha?

Ficou mudo, sem saber o que responder: não queria parecer um moleque que saíra escondido de casa, mas também não sentia vontade de tomar bebida forte...

O coquetel chegou. Lindo, colorido, tentador... Mas Josué estava disposto a resistir.

A mulher pegou a taça, e, sempre o encarando, disse mansamente:

– Oferta de boas-vindas de sua nova amiga. Prazer, ...*iana*.

Em meio à música no mais alto volume, não entendeu o nome da mulher. O que fazer? Pedir para ela repetir seria um vexame, mas recusar a bebida seria um vexame maior ainda.

O sorriso nos lábios dela decidiu por ele: um gole apenas. Depois, era só pedir para ela repetir o nome, dizer o seu em seguida, e tudo ficaria bem.

Josué começou, então, a degustar lentamente a bebida. O gosto bom o levou a mais um gole e a mais outro...

A mulher continuava a olhar e a sorrir para ele...

De repente, o sono... A vontade incontrolável de abrir a boca... A tontura... A ida ao banheiro... Os olhos ardiam... O estômago doía... A porta se abriu... Alguém entrou e fez uma pergunta... Ele não entendeu nada... Pensou em dizer alguma coisa... As palavras não saíram... Precisava se deitar... Tudo estava distante... escuro... quieto...

Josué sentia-se podre. Dores por todo o corpo. Culpa daquela cama dura e tão desconfortável!

Começou a olhar à sua volta e se espantou: que lugar era aquele? Paredes encardidas, rachadas... Luminária sem lâmpada... Nenhuma janela... Um ruído indecifrável... Descobriu: era o ventilador de teto, verdadeira peça de museu. Perigo de cair sobre ele... Cortes... Sangue... Morte horrível! Ele não queria nem pensar nessa possibilidade! Tudo o que queria era sair dali o quanto antes!

Tentou, mas não conseguiu se mexer. Será que tinha dormido daquele jeito?! Sentado, pernas meio dobradas, braços apoiados em uma superfície fria...

Assustado, percebeu que não estava em uma cama, mas dentro de uma banheira. Agitou-se e um grito quebrou o silêncio. Sentiu uma fisgada nas costas. Seu corpo arrepiou-se de dor e de frio, apesar do ar abafado que envolvia o ambiente.

Nesse momento, notou que havia gelo ao redor de seu corpo. Passou a mão pelo fundo da banheira e algo líquido grudou em sua pele. Teve vontade de vomitar ao ver os dedos sujos de sangue! Quis ficar em pé, mas sua visão embaçou e, em seguida, seu corpo desabou.

Insistiu em se levantar. Lentamente foi se apoiando na banheira, colocou um pé e depois o outro no piso empoeirado. Quase no mesmo instante, o chão balançou e as paredes começaram a avançar em sua direção. Precisava agir rápido ou seria esmagado.

Sem saber o que fazer, procurava se acalmar.

"Não, não pode ser... Estou sonhando...", sua cabeça recusava-se a aceitar que aquilo fosse real.

Aos poucos, encostado na parede, Josué arrastou-se pelo chão. Queria encontrar suas roupas. À sua volta, além da banheira, só o vaso sanitário e uma pequena pia lá no fundo. Decidiu, então, concentrar suas forças para atingir a porta. Conseguiu, mas de nada adiantou: estava trancada.

Começou a esmurrar violentamente a madeira, a sacudir o trinco repetidas vezes... Gritava por socorro, mas a voz fraca que saía de sua garganta não lhe dava grandes esperanças de ser ouvido. Desistiu. Caiu sentado, vencido pelo desânimo.

Toda aquela agitação tinha servido apenas para aguçar a dor que nesse momento castigava seu corpo de modo quase insuportável. Levou a mão acima da cintura, próximo à coluna, em busca de um possível alívio. Percebeu algo saliente. Talvez um corte, uma cicatriz... Foi seguindo o itinerário que continuava, continuava... até chegar à barriga!

"Meu Deus! Fui esfaqueado!"

O pânico tomou conta de Josué.

"Não consigo me lembrar de nada... Ou será que me operaram? Mas aqui não parece um hospital..."

Seu instinto de sobrevivência se manifestou. Respirou fundo para colocar as ideias no lugar. Era a sua única chance de escapar.

Como tinha ido parar ali? Tentava voltar no tempo, recompor os últimos acontecimentos, mas sua memória não tinha registro de imagens ou de sons. Aos poucos, pedaços de cenas começaram a criar um confuso e incompleto quebra-cabeça: sangue escorrendo, gente dançando, luzes piscando na escuridão, taça quase vazia, voz de mulher, sono...

A conclusão era evidente e assustadora: fora dopado e deixado ali, talvez para morrer! Banheira, gelo, corte imenso... Não havia dúvida: roubo de órgãos!

Josué imaginou que tinham retirado seu rim. Ou ali ficava o fígado?

Outras perguntas logo brotaram em sua mente:

"Será que dá para viver sem um rim? E sem fígado?"

O riso histérico foi seguido por uma ponderação: aquela história do médico que andava abrindo as pessoas e roubando órgãos era pura invenção do Pedrão. O maluco do amigo tinha criado aquela bobagem só para se divertir com a cara assustada das crianças do bairro... Que elas acreditassem nessa história tudo bem, mas era ridículo que ele tivesse medo de uma besteira assim...

Mas um detalhe desmontou imediatamente seu raciocínio: a cicatriz em seu corpo. Nada tinha de imaginação. Era bem real, assim como a dor que ele sentia...

Josué não pretendia ficar ali para descobrir se o ladrão de órgãos existia ou não. Precisava se mexer.

Depois de um penoso rastejar, chegou à pia. Morto de sede, resolveu beber água da torneira mesmo. Foi então que percebeu algo dentro da cuba imunda. Um celular! Testou: o aparelho tinha sinal. Comemorou como nunca. Estava salvo!

Um pedaço de papel grudado no telefone chamou sua atenção. Nele, havia uma frase feita de esperança e de horror:

Se não quiser morrer, ligue para este número.

– Alô. Aqui é o Josué. O quê? Não estou ouvindo. Preciso de ajuda. Endereço?... Bem... Não sei... Por favor... É um caso de vida ou morte... Alô?... Não desligue!

Depois, veio a dor... Tudo ao seu redor foi ficando calmo... quieto... escuro...

Um barulho estridente fez Josué acordar sobressaltado. Era hora de levantar.

Só que não havia despertador algum e aquele quarto não era o seu... Estava em um lugar apertado, estranho...

"AI, MEU DEUS! A CIRURGIA... O LADRÃO DE ÓRGÃOS!!!"

A assustadora recordação o levou ao desespero. Precisava sair dali! Não tinha tempo a perder...

De repente, um pensamento o deixou aliviado:

"Calma! Foi apenas um pesadelo".

Josué sabia que não havia cicatriz alguma em seu corpo. Resolveu conferir e se tranquilizar de vez. Tentou, mas não conseguiu mover nem os braços nem as mãos. Seus pulsos estavam amarrados nos lados da cama. E pior: havia um tubo com líquido estranho que era injetado diretamente em suas veias.

"Remédio? Veneno?", ele se perguntava, inquieto.

Notou que uma faixa mantinha seu tronco preso ao leito, sem qualquer chance de fuga. A única saída era gritar e ele arrancou dos pulmões o som mais forte que conseguiu:

– SOCORRO! SOCORRO!

Funcionou. Em poucos segundos, a porta se abriu, revelando um paredão de cimento ao fundo. O local parecia um corredor, talvez um pátio. Atordoado, Josué viu surgir à sua frente apenas a parte superior de uma mulher. Capuz... Óculos escuros... Ela não tinha cara de enfermeira...

A desconhecida subiu o degrau e, ele pôde, então, observá-la de corpo inteiro, examinando o líquido do tubo.

– Senhora, por favor... – ele precisava saber o que estava acontecendo.

– Calma, rapaz.

– Por que estou amarrado nesta cama? E o que é isso no meu braço?

– É para seu bem.

– Mas...

– Filho, é melhor dormir e descansar... Há alguém preocupado com sua ausência?

– Não. Saí sozinho e meus pais estão viajando... Nem vão ficar sabendo do que aconteceu... Ainda bem...

– Ainda bem.

A forma como a mulher repetiu suas palavras e esboçou um sorriso antes de partir deu-lhe calafrios. Sentiu cheiro de combustível e desconfiou que estivesse dentro de um veículo, talvez de uma ambulância.

A situação era estranha: ele recebia cuidados e o que deveria deixá-lo mais tranquilo, ao contrário, o assustava. E muito. Parecia que o perigo aumentava a cada instante...

Alguém mexeu na porta e ele se inquietou: será que a mulher tinha esquecido de lhe dizer algo?

Aquela não parecia ser a pessoa que havia saído dali: era mais bonita e tinha um jeito que lembrava alguém... Com ar preocupado, a estranha começou a falar da porta mesmo:

– Meu nome é Mortágua. Sou a agente responsável por este caso. Você foi encontrado inconsciente em um imóvel abandonado...

– E eu tinha uma cicatriz nas costas, já sei disso. Levaram meu rim, não é? Ou foi outro órgão? Por favor, me conte a verdade...

– De onde você tirou essa ideia? Isso não existe. É ficção, invenção da mídia. Que ridículo!

– Mas...

Um estridente som da buzina interrompeu a conversa. A agente foi falar com alguém, talvez com o motorista. E Josué ficou ali, rodeado de perguntas sem respostas:

"Está bem, não existe roubo de órgãos, mas o que é esta cicatriz que eu tenho?"

Escutou passos... Talvez a agente Mortágua estivesse de volta...

A mulher reapareceu à porta do veículo. Seu ar de preocupação deixou Josué inquieto e o que ele ouviu a seguir o deixou pior ainda:

– Você vai ser encaminhado para exames em outra cidade – ela informou, sem demonstrar qualquer emoção. – O aparelho da Santa Casa quebrou... Vou junto porque, dependendo do resultado, o desfecho está próximo. – E, como se falasse para si própria, completou: – Esse caso é especial e me interessa particularmente...

Ele precisava saber que exames eram aqueles e por que o seu caso era especial:

– Não entendi. A senhora disse que...

Assustado, ele interrompeu a fala. Surgido do nada, um sujeito bruto segurava violentamente o braço da agente e gritava enfurecido:

– Vamos logo com isso! Você sabe que o Doutor detesta esperar!

O casal se afastou, a discussão esquentou e Josué não conseguiu mais entender o que estavam falando lá fora... Por um momento, teve a sensação de já ter visto aquela cena antes, mas onde?

De repente, lembrou-se. Reconheceu a mulher... E o homem também. Os cabelos dela estavam diferentes e a barba dele havia desaparecido, mas Josué tinha certeza: era o casal da pista de dança! A bebida que ela lhe oferecera...

Horrorizado, tentou desesperadamente se livrar das amarras, sair da cama... Não queria morrer... Só que mãos fortes seguraram seus braços e acabaram de vez com seus planos.

– SOCOR... AI!!!

Uma agulha furou sua pele e interrompeu seu grito.

Precisava fugir... Celular tocando... Alguém atendeu... Sangue, música, voz de mulher, seus pais... foram se apagando. Tudo ficou distante... escuro... quieto... e ele mal ouviu a última frase:

– Doutor... conseguimos... Sim... eu, ...*iana*.

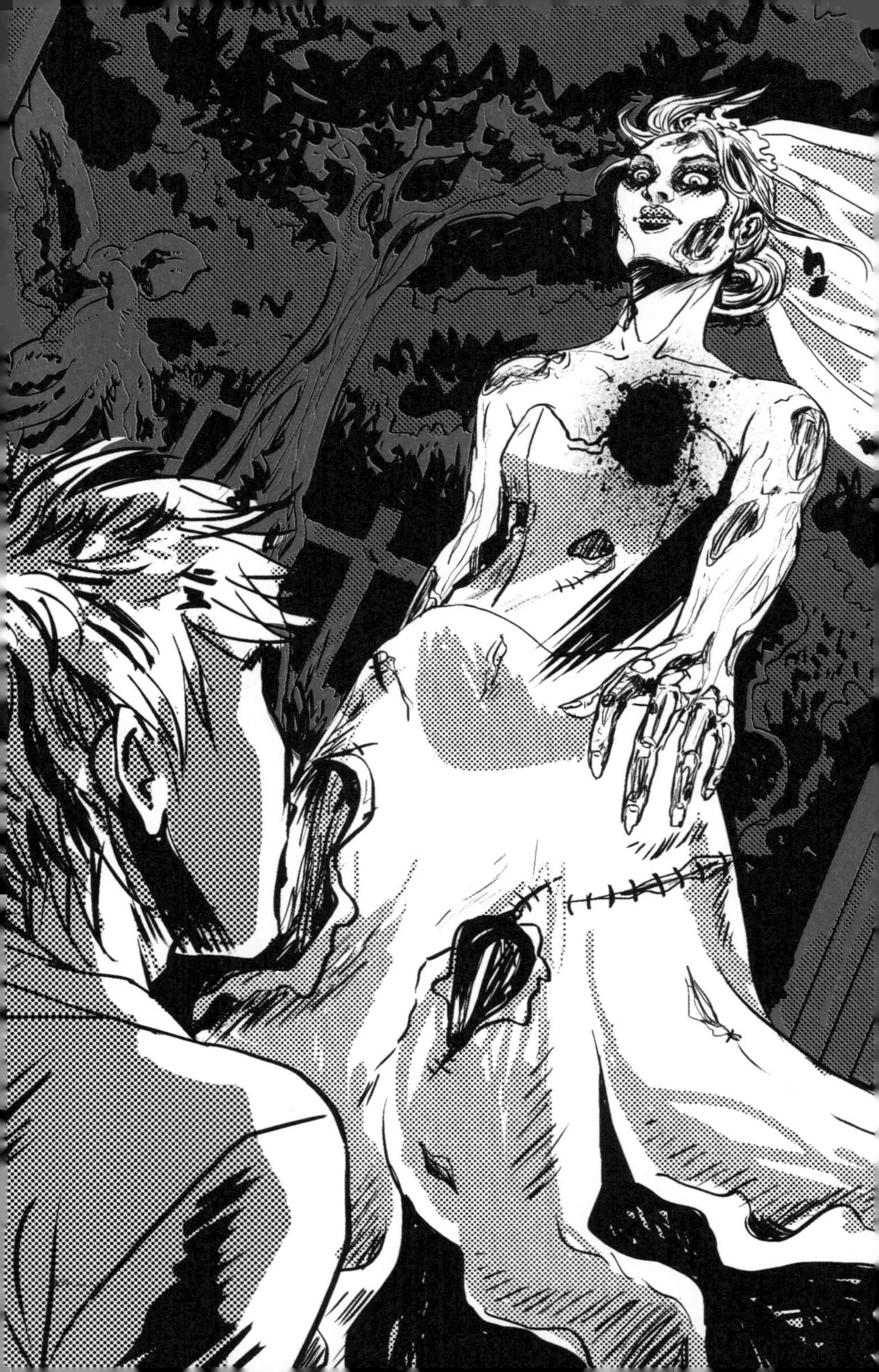

Carmen Lucia Campos

A paixão da noiva cadáver

Valentim queria se levantar, mas não conseguia. A cabeça pesava, os olhos não paravam abertos e o corpo não tinha forças para se sustentar. No silêncio da noite escura, apenas o som de sua própria respiração se fazia ouvir. Porém ele sabia que não estava só. Seres enigmáticos o observavam, sem esboçar qualquer movimento.

Sentiu calafrios, mas disfarçou o medo.

Respirou fundo para controlar os nervos e um forte cheiro de velas e flores penetrou em suas narinas. Teve vontade de vomitar. Apurou o olhar, e só então conseguiu reconhecer as figuras que o cercavam. Eram colunas, anjos, cruzes, santos, oratórios... E túmulos, muitos túmulos.

Entrou em pânico e logo sentiu o suor brotar de seu corpo. O coração ameaçava sair pela boca quando uma pergunta cheia de horror escapou de sua garganta:

– Meu Deus! O que estou fazendo aqui?

Em busca de qualquer pista que ajudasse a esclarecer a situação, começou a se observar, aflito.

De *smoking* manchado, sapato social em um pé e só a meia preta no outro, estava sentado em cima de uma sepultura! Suas mãos tocavam a pele quente, quase febril, enquanto muitas perguntas surgiam em sua cabeça:

"Será que morri?"

"Então, por que não estou dentro de um caixão?"

"Fui enterrado vivo e consegui escapar?"

"Virei um morto-vivo?"

A sonolência voltou a dominar seu corpo e ele sucumbiu mais uma vez, antes mesmo de encontrar as respostas que procurava.

Valentim não se lembrava, mas algumas horas antes tinha presenciado o que chamara de dupla traição de seu melhor amigo, Alan, e de Helena, a grande paixão de sua vida. Até o último instante, havia alimentado a esperança de que sua amada, finalmente, se rendesse às juras que, por tantas vezes, ousara lhe fazer e desistisse daquela união insana. Pura ilusão!

Para aumentar ainda mais seu calvário, Alan havia dito que a presença do companheiro de infância era obrigatória em seu casamento. Valentim chegou a pensar em inventar uma desculpa qualquer para não ir à cerimônia, mas acabou cedendo. As consequências de sua fraqueza não poderiam ter sido piores: dor mal contida na igreja, bebedeira na festa, briga com gente que ele nem conhecia, repressão enfurecida dos noivos, vergonha insuportável, decisão de sair de lá o quanto antes, vontade de morrer...

Depois de muito perambular a esmo pelas ruas, cair, levantar, voltar a caminhar sem direção, tinha entrado naquele cemitério e desabado em cima de uma tumba abandonada. E ali estava ele desde então.

Valentim abriu rapidamente os olhos, mas mergulhou em novo torpor. Algumas lembranças começaram, então, a ganhar vida em seu cérebro atormentado, alternando-se com a cena do casamento que se repetia, sem parar. Uma lágrima deslizava pela sua face, enquanto sua boca balbuciava insistentemente:

– Eu quero morrer! Eu quero morrer!

Por uma sinistra coincidência, esse mesmo desejo de morte fora anunciado inúmeras vezes há muitos e muitos anos por alguém que agora jazia bem perto dele.

Seu nome era Maria.

Desde criança, sonhava em se casar. Dizia a todos que seria a noiva mais linda que já existiu. Tinha até pretendente: Henrique, filho de uma família amiga de seus pais.

Ainda menina, trocou as primeiras juras de amor eterno com o futuro marido. Só que, algum tempo depois, seu sonho transformou-se em pesadelo: em seu lindo vestido branco permaneceu teimosamente por horas no altar, à espera do noivo, que não apareceu.

Boatos garantiam que o coração de seu amado batia por outra e que o rapaz fugira da cidade, levando, além da alegria de viver da noiva abandonada, o valioso dote que recebera.

Ao descer as escadas da igreja, Maria desfazia-se em silenciosas lágrimas e já começava a definhar. De corpo e de alma.

Endoidou, diriam alguns mais tarde. Passou a viver pelos cantos, repetindo que só queria morrer e exigia ser enterrada com seu vestido de noiva. Em um verdadeiro ritual, inspecionava o traje diariamente.

A família se inquietava com seu estado. Médicos, pílulas, benzimentos, promessas, banhos de ervas, poções milagrosas. Nada conseguia devolver a moça à vida. Seu fim apenas estava sendo adiado.

Um dia, Maria reuniu suas últimas forças, colocou o vestido branco, calçou os sapatos elegantes e as luvas compridas, prendeu o delicado véu na cabeça, esgueirou-se até o local onde o pai mantinha uma velha arma escondida e, antes de se dar um tiro no coração, repetiu pela última vez:

– Eu quero morrer! Eu quero morrer!

O sol já se anunciava no horizonte quando Valentim despertou de um longo sono. Ao colocar a mão no bolso, encontrou um pequeno objeto. Era o anel, que, em sua loucura, tinha oferecido à Helena, e que ela, em sua indignação, havia atirado longe, chamando-o de doente. Amargurado, acariciou a aliança que continuava no seu dedo desde sempre.

De repente, seus olhos voltaram-se para a lápide onde estava sentado. Notou o retrato de uma jovem, no auge de sua beleza. Valentim leu o nome da moça e surpreendeu-se com sua morte tão prematura. O epitáfio, que falava em amor eterno, o encheu de emoção. Não se conteve:

– Maria, você é muito bonita. Quase tanto quanto a minha Helena... Ah, você não sabe quem é ela?

Só a brisa do amanhecer respondeu à pergunta de Valentim, que continuou sua confissão:

– A Helena é a criatura desalmada que destruiu minha vida. Recusou meu amor e essa aliança aqui. Está vendo?

Um vento soprou, levando para longe a indagação. Ele, então, contemplou longamente a figura doce de Maria. Encantou-se com o olhar apaixonado dela e, num impulso, propôs:

– Quer casar comigo?

Silêncio mortal.

De repente, um som suave se fez ouvir:

– Você tem certeza do que está dizendo?

Antes que pudesse responder, Valentim assustou-se com o voo rasante de uma ave sobre sua cabeça.

– Você tem certeza do que está dizendo? – A irritação da voz era nítida como o sibilar do vento que chegava aos ouvidos do rapaz.

– Claro que tenho. Para esquecer aquela ingrata, caso até com uma defunta! – impacientou-se ele, para, segundos depois, cair em si: – Mas quem é que está falando?

O que Valentim viu a seguir o deixou totalmente petrificado, sem conseguir mover um só músculo de seu corpo. Surgida do nada, uma noiva cadáver estendeu-lhe a mão para receber a aliança e selar o compromisso prometido. Como nenhum movimento fosse esboçado por seu pretendente, ela se apressou a ajudá-lo a colocar o anel em seu dedo descarnado.

Um esqueleto de olhos esbugalhados, portando um carcomido vestido de noiva com uma enorme mancha negra à altura de onde um dia houve um coração... A visão só não era mais terrível do que a sentença que saiu do maxilar prestes a se soltar da cabeça:

– Agora estamos juntos, meu amor. Para sempre.

Essas palavras macabras fizeram Valentim perceber o perigo que corria. Apavorado, tentou fugir, antes que fosse tarde demais. Levantou-se com dificuldade e começou a correr, feito louco. Perdido em um labirinto de túmulos, ele precisava achar o portão que o devolveria ao mundo dos vivos. Se a noiva cadáver o alcançasse, seria o seu fim.

Em sua fuga desesperada, no entanto, pouco avançava: tropeçava, caía, debatia-se até que uma força invisível o manteve de bruços e imobilizou seus braços e suas pernas... Quis escapar, pedir socorro, se salvar... Um golpe na cabeça pôs fim à sua resistência. Antes de desfalecer, foi arrastado não se sabe para onde, deixando para trás uma longa trilha de terra, grama e sangue.

– Me deixe! Vá embora! Não quero morrer! – Valentim implorava, desesperado.

Um leve toque em seu braço e uma voz suave tentaram acalmá-lo:

– Já acabou tudo. Você vai ficar bem. Confie em mim.

Sentiu medo. Depois de alguns segundos de hesitação, abriu os olhos e se deparou com uma moça sorridente. Não a conhecia nem sabia que lugar era aquele.

Deitado em um sofá, curativos na cabeça e nos joelhos, o rapaz olhava em torno à procura de algo que lhe parecesse familiar. Um senhor se aproximou:

– Boa noite, Valentim. Esse é o seu nome, não? Vi no documento que estava no seu bolso. Sou Antônio e essa é minha filha Ana.

– Como vim parar aqui? – ansioso, Valentim interrompeu as apresentações.

– Sou coveiro e, hoje de manhã, notei um rastro estranho no cemitério. Resolvi ver onde ia dar. Aí encontrei você ferido em cima de uma sepultura. Liguei pra Ana e ela foi lá.

– Sou enfermeira e logo vi que podia cuidar de você. Papai e eu o trouxemos pra cá – explicou a moça, que aproveitou para comentar: – Você dormiu pra valer, gritou e falou coisas bem estranhas.

– Juro que não me lembro de nada. Nem sei como fui parar no cemitério! – Valentim admitiu, bastante confuso com o que ouvia.

Pai e filha observavam o rapaz em silêncio, cada qual imaginando o que de fato teria acontecido a ele.

– Prefiro não pensar mais nisso – confessou Valentim, para em seguida fazer um pedido: – Posso ligar para os meus pais? Eles devem estar preocupados comigo e eu acho que perdi meu celular...

Ele falou com a família, e, depois, imerso em uma tranquilidade que nem imaginava existir, agradeceu a ajuda recebida e adormeceu sob o olhar atento de Ana.

Dizem que o tempo é o melhor remédio para os males do corpo e da alma. E, no caso de Valentim, isso parecia se confirmar a cada instante. Dia após dia, ele se sentia mais forte, graças à Ana, que tinha curado suas feridas, principalmente as do coração.

Antônio e a mulher já tinham se acostumado às constantes visitas do rapaz e aos suspiros da filha sempre que falava dele. Em silêncio, apenas torciam para que o episódio do cemitério, ainda envolto em mistério, não comprometesse a felicidade dos jovens enamorados.

A lembrança da noiva cadáver já deixara de assombrar Valentim. Cada vez mais, ele se convencia de que tudo fora imaginação, talvez alucinação causada por uma bebedeira daquelas! Isso era passado. Agora fazia planos para o futuro, ao lado de Ana.

A vida seguia em calmaria, sem maiores transtornos. Só que os bons ventos que sopravam no caminho de Valentim transformaram-se em repentino tufão: enquanto almoçava na casa da namorada, recebeu uma ligação da mãe, avisando que a avó, de quem sempre fora o neto predileto, acabara de falecer. O sepultamento seria justamente no cemitério em que a noiva cadáver estava enterrada.

Essa infeliz coincidência não o incomodava. Afinal, o macabro encontro com tal criatura não passara de um delírio... Pelo menos, era no que ele tentava acreditar.

O velório arrastava-se por longas horas em uma pequena capela, próxima ao lugar em que a avó repousaria para sempre. Perdido entre parentes e conhecidos, Valentim se inquietava.

Por momentos, teve a estranha sensação de que alguém o observava insistentemente. O corpo arrepiou-se, mas a cabeça insistiu que aquilo era besteira, fruto do cansaço pela longa vigília.

Ao perceber que a hora do enterro se aproximava, as recordações ruins voltaram a perturbá-lo...

– Valentim! Valentim!

Ele procurou a dona daquela voz doce, que quase num sussurro, o chamava. Não a encontrou. Aliás, ninguém ali parecia se importar com ele.

Alguns minutos depois, Ana veio buscá-lo para tomar um café. Estava preocupada com o abatimento dele. Os dois saíram e, durante todo o tempo, o rapaz mal respondeu às perguntas da namorada. Avisou que precisava se despedir da avó. A moça quis ir junto, mas ele foi categórico:

– Por favor. Quero ficar sozinho com ela.

Ana compreendeu aquele desejo de privacidade. Beijou docemente Valentim e declarou-lhe todo o seu amor. Como resposta, apenas um sorriso triste. Ao observar o amado desaparecer pela porta, teve um mau pressentimento que, logo, procurou espantar.

Valentim entrou na capela no exato momento em que dois funcionários preparavam-se para fechar o caixão. Implorou que lhe concedessem mais alguns instantes para o último adeus. Assim que os homens se afastaram, ao lado da avó, cabeça baixa, o rapaz iniciou uma oração.

De repente, um toque suave em seu braço interrompeu sua concentração. Ele se surpreendeu: "Será que já vão levar o corpo para a sepultura? Não, não pode ser. Deve ser a Ana que veio atrás mim".

Ao virar-se, no entanto, não foi a namorada que ele viu.

– Você esqueceu o seu compromisso?

Tomado pelo pavor, Valentim se enrolou nas palavras na tentativa de se explicar:

– Eu... eu pretendia honrar o pedido de casamento, juro... Mas... tive medo de morrer... Aí conheci a Ana... Agora tenho uma boa razão para viver...

Nenhuma reação daquela que ouvia suas palavras sinceras. Emocionado, o rapaz insistiu:

– Sinto muito, Maria. Não posso ficar com você. Compreenda, por favor... Não quero magoar a quem amo... Nem jogar fora minha chance de ser feliz. Não posso fazer isso...

O desespero de Valentim nada significava para a noiva cadáver. Afinal, ela não tinha mais coração para se deixar impressionar por emoções alheias.

Diante do inevitável, ele ajoelhou-se, fechou os olhos e, mãos unidas em sinal de prece, fez um último apelo:

– O amor, você sabe, é mais forte do que qualquer razão. Tenha piedade de mim!

Um silêncio aterrador decretou sua sentença.

Sentiu um calafrio, como se adivinhasse o fim próximo. Inútil resistir. Vencido, se levantou ao ouvir uma ordem que soava mais como um pedido:

– Venha, meu amor. Está na hora.

Aquela voz... Parecia ser de Ana... Parecia ser da noiva cadáver... Valentim não tinha coragem de abrir os olhos e descobrir a verdade...

Nasci e sempre morei em São Paulo e logo cedo as histórias entraram na minha vida: primeiro pelo relato envolvente da avó que contava "causos" de dar medo e de prender a respiração; depois, pelos livros que eu lia vorazmente.

Cresci e a leitura continuou me fazendo companhia: fui trabalhar como editora e, de tanto conviver com livros dos outros, senti vontade de escrever um. Hoje tenho quase trinta publicados.

Esta é a minha primeira participação em uma obra com outros escritores e foi um grande desafio recriar histórias tão conhecidas e que tanta gente repete por aí, há muito tempo, sempre acrescentando um novo detalhe.

Para contar a minha versão da noiva cadáver e do ladrão de órgãos, fiz o que faço diante de todo texto que leio ou escrevo: soltei a imaginação e revivi a emoção de quando era criança e, de ouvidos atentos às palavras da avó, me transformava em personagem daquelas aventuras.

Carmen L. Campos

© Samya Carvalho

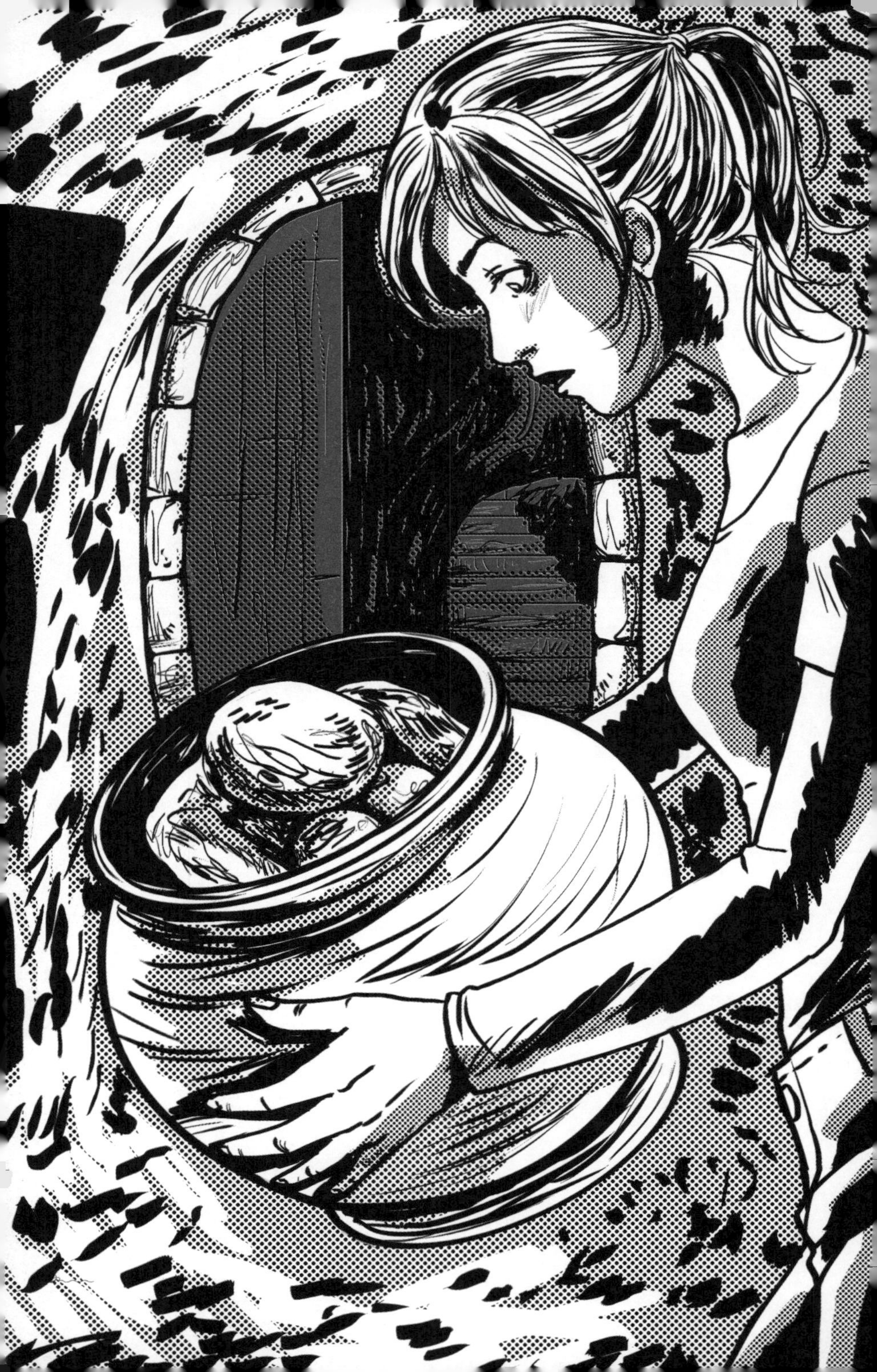

Flávia Muniz

O sepulcro do corpo-seco

O telefone tocou de modo insistente no balcão da loja de antiguidades. Alice correu para atender.

— Antiqua, boa tarde! — ela disse, com presteza.

— Boa tarde — respondeu uma voz hesitante. — Gostaria de falar com o proprietário, por favor.

— Meu pai não está no momento. Posso anotar seu recado?

— Sim, por favor. Diga-lhe que o senhor Bóris telefonou para fazer-lhe uma oferta generosa. Tenho algo que poderá interessá-lo.

— Ótimo. Quer deixar seu número de telefone?

Ela anotou o nome e o contato do cliente, como faria uma experiente secretária. Sentiu curiosidade de saber que tipo de oferta era aquela, mas se manteve calada. O pai lhe ensinara que a discrição era necessária no meio profissional em que atuavam, pois não era lucrativo para os negócios demonstrar muito interesse, já que isso, muitas vezes, duplicava o valor de uma compra.

Despediram-se e ela já ia desligar quando o homem a interrompeu.

— Por favor, diga-lhe que tenho muita pressa. Talvez, eu possa até doá-la. Preciso que ele me ligue ainda hoje, se for possível.

Ela desligou o telefone, destacou do bloco o *post-it* com a anotação e fixou-o na tela do computador do pai. Era a melhor maneira de não se esquecer de dar-lhe os recados.

A loja de antiguidades era negócio de família havia três gerações. Seu bisavô havia começado a saga, revelando-se desde jovem um colecionador exótico. Com o passar dos anos, acumulara peças valiosas, raras e interessantes. Ela já se sentia dona do lugar, afinal, seria a próxima herdeira do comércio.

Por enquanto, atuava como ajudante. Gostava de ficar na companhia do pai, já que sua mãe falecera, havia alguns anos. Estudava pela manhã e, regularmente, à tarde, auxiliava-o na loja: ajudava a atender os clientes, a organizar as peças e relacioná-las no livro de registro, a tirar o pó e até a consertar algumas delas. Também estava aprendendo a avaliar a qualidade de cada objeto, como notar detalhes importantes ou descobrir defeitos que os tornassem menos valiosos.

Era uma menina talentosa, que não tinha medo nem preguiça de se envolver na atividade da família.

Por volta das quatro horas da tarde o pai chegou, animado com as entregas que fizera. Ela lhe deu o recado e juntos comemoraram a fase próspera da loja.

— Estamos sendo procurados? Quanta honra! Vou ligar agora mesmo — ele decidiu, dando uma olhada no relógio.

A conversa foi rápida e gentil. O comprador estava a menos de cem quilômetros, em uma cidade ao norte, com pouco mais de 3 mil habitantes. Ele não quis dar muitas informações por telefone, adiantou-lhe apenas que o objeto poderia ter valor histórico, e até ofereceu-se para ajudar nas despesas de viagem para avaliação. Combinaram de se encontrar no dia seguinte, antes do meio-dia.

O que ele não compreendeu, no momento, foi o motivo de o cliente ter procurado por seus serviços, já que morava em outra cidade. Mas, diante da oportunidade de negócio, esse detalhe foi menosprezado.

No sábado, pai e filha partiram bem cedo, deixando a loja aos cuidados de um amigo da família. Alice fez questão de acompanhar o pai naquela jornada. Queria aprender com a nova experiência.

A estrada era asfaltada e com pouco movimento. O dia estava bonito, ensolarado, e a viagem transcorreu sem problemas.

A cidade de Santa Cruz era modesta e sobrevivia da venda dos produtos derivados da lavoura de cana-de-açúcar. Os canaviais se espalhavam pela região, que era cortada por um rio manso de águas claras.

A camionete cruzou a ponte, fez a curva por baixo do viaduto e entrou na avenida que levava à rua principal. Estacionaram na praça para apreciar o artesanato local, comprar doces e tomar caldo de cana gelado, antes de pedir informações e seguir para o endereço indicado.

Logo descobriram, com surpresa, que o cliente era o pároco local. Ele os recebeu na antessala de uma velha casa localizada nos fundos da igreja do Rosário – o único e mais antigo monumento do local.

– Padre Bóris? – apresentou-se, estendendo-lhe a mão.

– Meu nome é Rubens, e essa é minha filha Alice. Somos proprietários da loja de antiguidades.

– Que bom que vieram rápido! – disse o padre, com um sorriso. – Vamos nos sentar ali, que é mais fresco nessa hora do dia – e encaminhou-os para um pequeno pátio arborizado, no interior da casa.

– Quero agradecer pelo interesse em nossa loja – Rubens adiantou-se, educadamente.

O pároco sorriu, constrangido.

– Esteja certo de que o senhor estará me ajudando muito mais do que imagina.

Em seguida olhou em torno, inquieto, e abaixou a voz ao explicar-lhes.

– Há um mês iniciamos essa reforma, fazendo uma recuperação em parte da casa. Essa igreja foi erguida por volta de 1828 e levou alguns anos para ser concluída. Era muito procurada no passado. Foi uma época de fartura e tranquilidade para nós. Hoje a realidade é outra. Sobrevivemos com o auxílio de doações dos proprietários dos canaviais e do pouco que nos trazem.

– Compreendo. Esta é uma história bem comum a muitas cidades do Brasil.

– Pois bem. No entanto, recentemente, encontramos no porão da casa uma urna, que dizem ser daqueles tempos coloniais. Os moradores mais antigos da cidade fazem referência a uma trágica lenda regional. De modo que ela não pode permanecer aqui, pois os fiéis temem que seja assombrada. Tudo bobagem! São supersticiosos, entendem?

Alice remexeu-se na cadeira e ficou mais interessada. Nunca havia pensado em ter algo fantasmagórico na loja. Seus olhos brilharam, mas a expressão de seu pai a fez aquietar-se e refletir. E se o padre estivesse querendo provocar impacto? – ela ponderou.

– Do que se trata? – quis saber Rubens.

– Já ouviu falar de corpo-seco? – o padre disse prontamente. – Uma história folclórica de maldição causada por um filho ingrato.

– Não.

– É uma lenda como outras, mas o povo da cidade acredita nessas histórias. Alguém que provocou a morte da mãe por desgosto e foi amaldiçoado por ela a vagar sem destino, um defunto ambulante, renegado do além.

– Que horror! – Alice comentou, impressionada.

Rubens pensou um momento e pediu:

– Podemos ver a urna?

– Claro. Venham comigo. – E o pároco os guiou até um corredor, que se tornava mais sombrio e úmido à medida que desciam uma escada que dava acesso a um porão. Ele parou diante de uma pesada porta de madeira e desatou o nó que prendia uma chave de ferro à cintura.

– Não se assustem com o lugar – preveniu-os, enquanto destrancava a porta. – Antigamente, aqui era o sepulcro dos padres, mas as ossadas já foram transferidas para o campo santo há muitos anos.

Um candelabro com seis velas foi aceso para iluminar melhor o ambiente.

Alice arregalou os olhos e sentiu um arrepio percorrer seu corpo.

O local era sinistro. Tinha teto baixo e piso de terra batida. Era preciso se curvar para entrar ali, e ficar de cabeça baixa como em atitude de reverência.

Ao fundo e nas paredes, havia buracos cavados na terra, as tumbas naturais. O cheiro de umidade mesclado ao odor de mofo, um ranço de muitos anos, pegajoso e pestilento, era quase insuportável.

– Não vamos nos demorar aqui – sugeriu o padre, após pegar uma urna funerária de tamanho médio que estava em uma das cavidades.

De volta ao pátio, observaram o objeto à luz do sol. Era impressionante. Havia alguém lá dentro! Parecia um boneco, um boneco-criança. Estava de cócoras, com os braços enlaçando as pernas e a cabeça apoiada nos joelhos, levemente virada para o lado.

– O que é isso? – perguntou Alice, incrédula.

– Vocês é que podem me dizer. Mas acho que é uma múmia. A múmia de uma criança.

Ela observou o material com expressão enojada. Estava seco, desidratado e um pouco escurecido.

– Tem certeza de que não terei problemas legais? – o pai perguntou.

– E por que teria? Pertence ao passado, deve ter mais de duzentos anos! – comentou o padre, resoluto. – Não acha incrível que esteja tão conservada? Quanto me oferece pela relíquia?

Rubens pensou por um momento. Poderia atestar a idade e a veracidade da urna, depois vendê-la para o museu histórico ou até para um centro de pesquisas.

— Pai... — ela sussurrou, hesitante.

Ele a deteve com uma piscadela e chamou o padre de lado para conversar. Então, Alice soube que iriam comprá-la, apesar da misteriosa origem da urna.

O pároco acompanhou-os até a saída e, ao despedir-se, fez o sinal da cruz.

Mas somente Alice percebeu.

Voltaram para casa com a urna e seu sinistro hóspede na parte de trás da van. A garota não se sentia muito confortável. Parecia que transportavam um caixão de defunto.

— Pai, eu não entendi uma coisa.

— Diga se não for bobagem — ele brincou, de bom humor.

— Se aquele lugar era um sepulcro, por que a porta estava trancada?

— Não tenho a menor ideia, querida. Costume, talvez?

Mesmo assim, ela ficara cismada. Alguma coisa não estava certa, e ela não sabia dizer por quê. E se aquela história toda fosse verdadeira? E se o padre trancasse a porta para manter aquela coisa presa? Não estava bem explicado...

Assim que cruzaram o rio, saindo da cidade, um ruído inesperado brotou de dentro da urna, mas ninguém pôde ouvir.

Ou teria sido um gemido de dor?

Durante os dias que se seguiram, Rubens deu muitos telefonemas, falou com amigos e clientes estrangeiros. Tentava encontrar a melhor oferta para o raro objeto.

Naquela tarde, Alice estava sozinha. Seu pai tinha saído para fazer uma nova entrega e haviam combinado de lanchar juntos no final do dia. Mas, agora, já estava escurecendo. E ela não gostava de ficar ali com "aquilo".

Havia uma semana a urna estava na loja. Eles a haviam examinado minuciosamente e ainda não sabiam como se referir a ela. Era um boneco parecido com uma múmia verdadeira? Era uma múmia que se parecia com um boneco? A dúvida tornava a peça ainda mais preciosa.

Até aquele fato apavorante acontecer.

Foi rápido e imprevisível. Ao retornar do banheiro, Alice percebeu que a urna não estava mais sobre a mesa onde fora deixada. Partira-se em duas, e agora estava vazia! Um misto de incredulidade e pânico a invadiu. A loja estava com a porta trancada, ninguém poderia tê-la roubado. A menos que...

O vulto refletido na janela encheu-a de pavor. Estava em pé, imóvel, bem atrás dela. Era quase do seu tamanho, mas se mantinha encurvado, parecendo menor. No lugar dos olhos, viu dois buracos vazios, e sua atitude... era ameaçadora.

Alice compreendeu que a lenda tornara-se viva. Era um corpo-seco! Sem saber como agir, tentou correr até a porta. A múmia saltou sobre ela, agarrando-se às suas costas e ambas caíram. Ela lutou para se desvencilhar, sem êxito, até sentir a mordida no ombro direito, no local exato por onde a criatura tentava sugar seu sangue.

Por sorte, minutos depois, seu pai chegou. Alice estava em choque, presa pela criatura. Rubens entrou em pânico. Como tirar aquela "coisa" das costas da filha? Ela estava firmemente agarrada ao corpo da menina. Ao tentar puxá-la, percebeu que Alice sentia dor. Ela estava apavorada! Atordoado, ficou com receio de machucá-la, e gritou que ia telefonar ao padre para pedir ajuda. Era a única pessoa que podia orientá-lo naquela situação.

O pároco pareceu surpreso com os fatos. Nunca acreditara nos boatos dos moradores locais. Era um homem de fé! Mas confirmou que, de acordo com a lenda, caso alguém fosse atacado por um corpo-seco poderia morrer, pois ele roubava a vitalidade da vítima, feito um vampiro.

– Então, a lenda é verdadeira! – concluiu, Rubens, aterrorizado. – E como posso me livrar dessa criatura?

O sacerdote explicou que, pelo que povo dizia, o corpo-seco só iria descansar em paz se fosse levado ao túmulo da mãe, local que o padre desconhecia. A criatura não podia retornar sozinha, pois a água corrente do rio a impediria de entrar na cidade. Teria de trazê-la de volta para salvar a filha.

– Venha para cá, rápido! – ele pediu, aflito. – Eu irei descobrir mais detalhes dessa história nefasta com os moradores locais.

Rubens jogou um lençol sobre o monstro e sua filha, colocou-os na van e saiu em disparada.

Cinquenta minutos depois, Rubens cruzou o rio da cidade de Santa Cruz. Nesse momento, o ser horrendo começou a se debater e a guinchar feito um animal. Alice gritou pelo pai, com medo. Ele parou o carro logo depois da ponte e desceu, assustado.

Ao abrir a porta lateral da van, foi surpreendido pela fera, que largou a garota de repente, deu um salto sobre eles e atirou-se nas águas do rio, sendo engolida pela escuridão.

Padre Bóris os recebeu em sua casa e cuidou dos ferimentos de Alice. Explicou-lhes que nunca acreditara na lenda, mas fingia respeitar a crença da comunidade.

– Pelo que descobri, há muito tempo, na vila, a filha de um fazendeiro teve uma criança sem ser casada, e isso era considerado uma ofensa à moral e aos bons costumes da época. Foi expulsa de casa e viveu sozinha, ajudada por amigos. O garoto cresceu e tornou-se muito revoltado. Vivia gritando com a mãe, tratava-a com desrespeito e até diziam que batia nela com um chicote. A mãe, desgostosa e cheia de sofrimento, uma noite fugiu dele, atirou-se no rio e morreu. Mas, antes de partir deste mundo, amaldiçoou o filho ingrato a apodrecer vivo sobre a terra, sem nunca ter o descanso final. Condenado a vagar como alma penada.

Dito e feito. O garoto morreu pouco tempo depois, de causa desconhecida. No ano seguinte, a vila começou a ser assombrada por sua aparição. Costumava vagar pela estrada e saltar sobre pessoas que andassem sozinhas, para sugar-lhes a vida. Houve um fazendeiro que o capturou, e como não há morte para essa criatura, resolveu prendê-lo numa urna e mantê-lo no túmulo dos padres, em local sagrado.

– Então... o senhor descobriu a urna nas catacumbas da igreja durante a reforma?

– Só não podia imaginar que essa história fosse verdadeira! – ele repetiu, incrédulo.

– A múmia despertou ao ser retirada daqui... – disse a garota, assombrada.

– Agora ambos estão em paz, pois o filho está no mesmo lugar em que a mãe morreu – o padre concluiu, benzendo-se.

No dia seguinte despediram-se, sem nada dizer, bastante abalados pela situação insólita.

Alice continua a ajudar o pai na loja de antiguidades. A assustadora imagem que invade seus sonhos ainda a perturba e a faz sufocar de medo no meio da noite. Com o tempo, talvez desapareça. Mas é em seu corpo que as marcas atestam seu mais profundo terror, pois permanecerão tatuadas para sempre, como malditas lembranças.

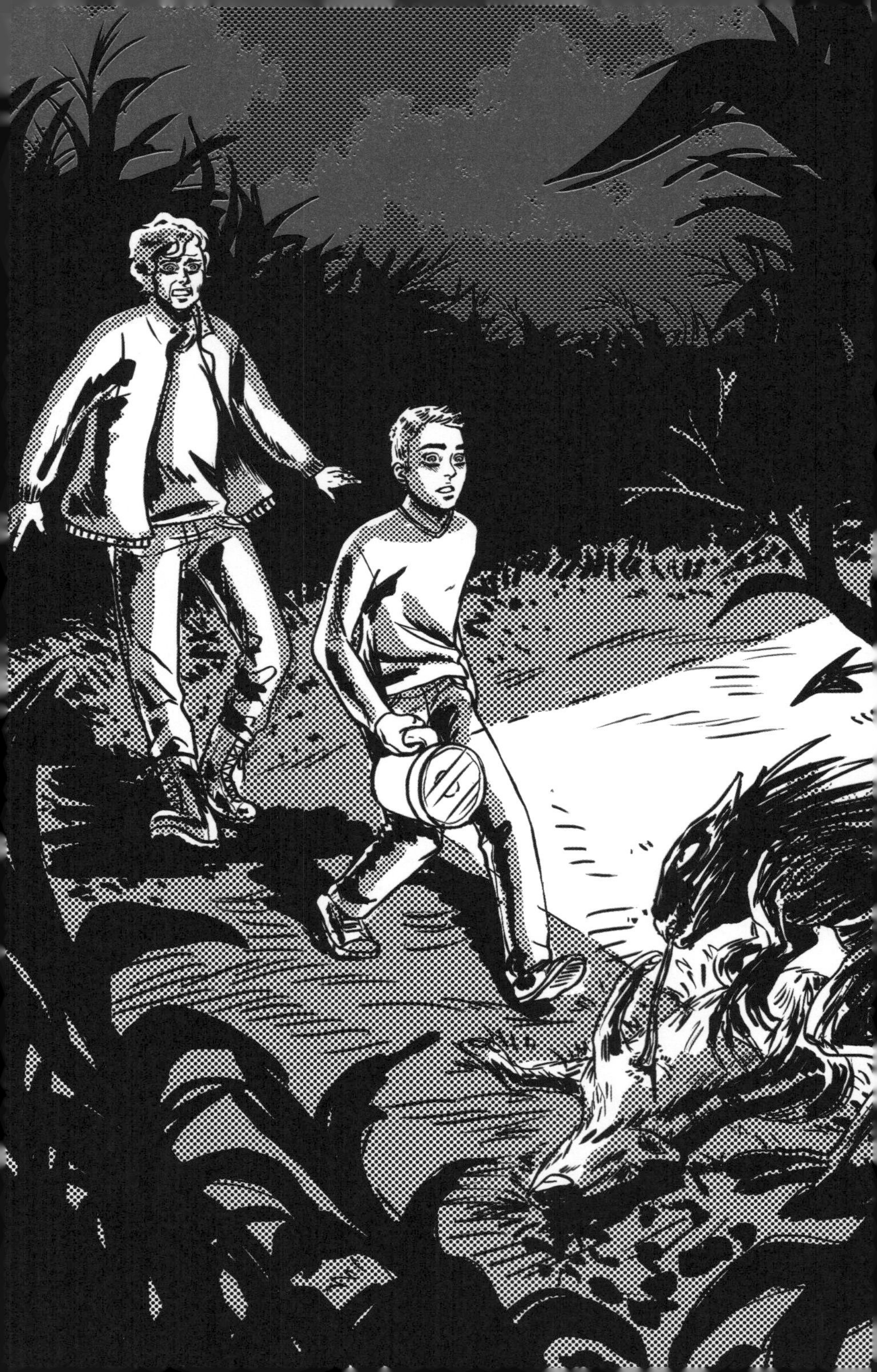

Flávia Muniz

Chupa-cabras, nascido para assombrar

No céu límpido do mês de junho a lua nova se escondia, revelando o brilho de muitas estrelas. A temperatura baixara depois do anoitecer, e a viagem de pouco mais de uma hora estava quase no fim.

A camionete deslizava pela estrada, no trecho sinuoso e escorregadio por causa da chuva daquela tarde. Era um antigo modelo Ford com tração nas quatro rodas, dois espaçosos lugares na frente e um vão entre a cabine e a carroceria para guardar o que coubesse. Companheira de muitas idas e vindas naqueles caminhos sujeitos à lama, pedras e buracos sem fim, ela servia ao dono da fazenda Pôr do Sol havia muitos anos.

O motorista era uma espécie de faz-tudo da fazenda, homem simpático de meia-idade. Falava pouco e trabalhava muito. Assim, tinha dado sustento à mulher e criado os três filhos. Seu preferido chama-se Jonas, garoto inquieto, observador e falante, que sempre o acompanhava nas demandas diárias, como nessa, em que os dois dividiam a missão de ir buscar o médico-veterinário da região. Coisas estranhas andavam ocorrendo com os animais da criação e pelas redondezas, e o patrão necessitava de auxílio urgente.

– O que você acha, pai? – disse Jonas, de repente, como se estivesse ruminando o assunto há um tempo.

– Tenho dúvidas... – comentou seu Dito, acompanhando o pensamento do filho adolescente.

– Acho que deve ser coisa de animal-vampiro, aqueles morcegos que eu vi no documentário da TV. Só pode ser...

– Não sei, não. Que tamanho precisa ter esse bicho pra ter matado aquele boi de mais de quinhentos quilos no meio do pasto? Tamanho gigante? Parece piada.

– Pode ser coisa de outro mundo – emendou Jonas, com um brilho no olhar. – Andei pesquisando no computador da escola e descobri umas coisas curiosas.

– Lá vem você... – retrucou o pai, diminuindo a velocidade para fazer a curva.

– Sabia que já aconteceu a mesma coisa antes, em outros lugares? Em várias cidades do Brasil, no Chile, na Argentina e até no México. Nos Estados Unidos também há relatos desses mesmos ataques estranhos. Pelo menos, o modo como os animais foram atacados é o mesmo.

Espantado, Dito olhou para o filho.

– Onde você viu isso, Jonas?

– Eu li na internet, pai. Ou melhor, eu li e vi as fotos dos bichos mortos. Tem até um mapa da região dos ataques, sabe aquele que os policiais fazem? Todos os animais estão sem um pingo de sangue no corpo e com aqueles buracos redondos, iguais aos do boi do patrão.

– Jonas, não fica repetindo isso na frente de estranhos porque seu Valdemar não vai gostar.

"É claro que não", pensou Jonas, achando-se o máximo. "Quem gostaria de ter um monstro desses no quintal?"

– Fica tranquilo, pai – falou, para sossegar o pai. – São só xeretices minhas...

– O que mais descobriu? Conte só pra mim, garoto.

– Dizem que os ataques já aconteceram há muito tempo em outros países e aqui no Brasil também... acho que desde os anos 1990.

– Há mais de vinte anos, então?

– Você ainda era jovem...

– E nunca ouvi falar disso!

– Alguns pensam em grupos que usam o sangue dos bichos para fazer rituais e oferendas em nome do diabo. Eles são chamados de satanistas.

– O mundo está perdido... – comentou seu Dito. – No meu tempo de roceiro, a gente só tinha de ter medo de onça, de porco-do-mato...

– Há gente que acha que é um tipo de macaco que tem atacado os animais: o tamanho, a altura, o jeitão de andar sobre duas patas, os pelos no corpo...

– Então, eles acham que é um animal mesmo – concluiu Dito, acompanhando o relato do filho.

– Alguns pensam que é um *tipo diferente* de animal, uma espécie desconhecida, um cão selvagem modificado geneticamente, que talvez hiberne por alguns anos e, de vez em quando, saia do esconderijo para se alimentar.

— *Um lobisomem!* — seu Dito riu, reduzindo a marcha. Haviam chegado ao ponto da estrada em que deviam fazer o retorno pelo viaduto para cruzar a pista asfaltada e ter acesso à estrada de terra.
— Parece história de assombração! — completou.
— Mas para cada explicação há os que pensam o contrário, pai. Há um padrão no jeito de zoar os bichos. Os ataques são sempre à noite, rápidos e silenciosos. Não poderia ser coisa de gente doida. Se fosse, seria impossível porque os animais precisariam estar sedados pra não reagir, não acha? Não tem sinais de luta nem sons de briga. Além disso, pra sedar os bichos comuns, como porcos, cabras e galinhas, custaria muito dinheiro, e pra animais mais pesados, como vacas, cavalos e bisões, levaria tempo.
— É verdade.
— Também dizem que os cortes são perfeitos, arredondados, como se tivessem sido usados instrumentos especiais, daqueles que os médicos usam para furar a pele, o couro e tirar o sangue dos bichos. Por isso também não podem ser ataques de cães selvagens ou de macacos, que arrancam pedaços com a mordida, e fazem muito barulho quando estão caçando. Sabia que alguns órgãos dos bichos atacados desapareceram, pai? Olhos, tetas, intestinos, até a...
— Agora chega de conversa, filho. Desse jeito vou perder o apetite — falou seu Dito, após fazer a manobra para estacionar o carro diante do posto. — Vamos fazer uma parada antes de seguir. Não podemos perder tempo.
— Já parei! — disse Jonas, espreguiçando o corpo faminto. — Mas a história ainda não acabou.

O local era simples, frequentado por gente da região e motoristas em trânsito pelos arredores. Fornecia combustível e os serviços de uma borracharia. Não havia quartos para passar a noite, mas a comida era caseira, e o banheiro, limpo. Um casal cuidava de tudo, com a ajuda de um aprendiz.

Houve um silêncio inesperado quando Dito e Jonas adentraram no restaurante, mas a impressão de surpresa se desfez em segundos, e cada um retomou sua ocupação. Não havia conhecidos no lugar, além dos donos. Dito cumprimentou-os com um aceno discreto.

Jonas logo notou os olhos vermelhos da garotinha sentada ao lado do balcão. Devia ter uns oito anos, tinha cabelos cacheados e escuros amarrados com elástico cor-de-rosa. Estava agarrada a um bichinho de pelúcia e segurava uma foto, com muito cuidado. Seu aspecto era tristonho, havia chorado. Olhava para a entrada com ar ansioso, como se esperasse por alguém. Ela parecia inconsolável.

– O que vão querer? – perguntou o jovem aprendiz, após uns minutos.

– Eu quero um café com leite e um pão na chapa – pediu Dito. – E você, Jonas, o que vai comer?

– Uma coxinha com guaraná.

Ele anotou os pedidos e saiu. Logo atrás dele estava a garotinha, parada, encarando Jonas. Ela se aproximou para mostrar-lhe a foto. Nela havia um cão de pelagem amarela e branca, de tamanho médio. Parecia um cão comum.

– Por favor, moço, você viu esse cachorro andando por aí, pela estrada?

Jonas observou a foto com atenção, e logo supôs o motivo da carinha triste.

– Eu não vi, não. E você, pai? – E estendeu-a para o Dito, que a olhou por uns segundos e a devolveu em silêncio, com um meio sorriso.

– O que aconteceu? – Jonas quis saber. – Ele fugiu?

– Hoje à tarde, antes de escurecer. Eu fui tomar banho e ele ficou no quintal. Quando voltei, não estava mais lá. Seu nome é Tigre, por causa das listras... Meu pai acha que ele se perdeu... – ela choramingou. – Mas ele tem coleira.

Ia acrescentar algo, mas foi interrompida pela mãe, que já trazia os lanches.

– Aqui está – ela disse, simpática, distribuindo os pratos e copos na mesa, antes de se dirigir à filha. – Luana, deixe o pessoal comer em paz.

A menina segurou o choro e, contrariada, deu meia-volta, desaparecendo atrás do balcão.

– Desculpem... O cachorro sumiu esta tarde. Nossa esperança é que algum motorista o tenha visto nas redondezas, por isso tive a ideia de mostrar a foto a todo mundo. – E falando mais baixo, completou – Estamos com receio de que tenha sido atropelado ou se perdido na mata, indo atrás de algum bicho.

– Nós não vimos nada na estrada por quase quarenta quilômetros – comentou Dito, dando uma mordida no pão.

A mulher suspirou. Parecia cansada.

– Se encontrarem um cachorro parecido com esse, peço que nos avisem, por favor. Vou deixar um telefone para contato – e entregou um papel a Jonas. – Minha filha pode ficar doente por conta disso, era muito afeiçoada a ele desde filhotinho... Sabem como é, coisa de criança. – Em seguida despediu-se, desejando-lhes boa viagem.

Um velho caminhoneiro que ouvira a conversa na mesa ao lado aguardou que ela se afastasse. Cumprimentou-os com um aceno e murmurou, com a voz cheia de mistério:

— Pode ser que já tenha virado jantar do chupa-cabras...

Jonas olhou para o pai, surpreso, mas ficou em silêncio.

Após o lanche rápido, prosseguiram por mais 15 minutos até o acesso a uma estrada secundária, de terra, que os levaria direto à chácara do veterinário.

A camionete seguia em velocidade média, pois havia chovido naquela tarde e, se um descuido a fizesse atolar, seria um atraso a mais. Na região se plantava milho e ambos os lados da estrada exibiam os pés fartos, altos e dourados, que ocupavam todo o campo de visão. Era mais bonito de se olhar durante o dia. À noite, podia-se ter uma impressão sombria do lugar, talvez imaginar que ele pudesse ocultar algum perigo.

— Viu só como as notícias correm, pai? O pessoal já está sabendo das coisas.

— Eu até que já ouvi falar nesse chupa-cabras... — Dito comentou com naturalidade. — Mas nunca vi. Pra mim, é só conversa mole.

— Não diga isso! — retrucou Jonas, enfático. — Ouça a última ideia — ele antecipou, com ar misterioso. — A mais interessante delas, e a que me parece mais certa.

— E qual é? — quis saber o pai, olhando-o de lado.

Jonas fez suspense.

— A de que essa criatura é de outro planeta. *Um maldito alien.*

O comentário de Jonas ganhou tom e significado especiais, devido às condições em que ambos se encontravam. A estrada de terra batida agora se abria para um trecho mais amplo margeado pela plantação, centenas de pés de milho que lembravam um exército bizarro de criaturas altas e ameaçadoras, feitas de caules e folhas entrelaçados. A camionete avançava a média velocidade evitando buracos e pedras, com faróis muito fracos para guiá-los com segurança na negritude da noite.

Subitamente, um vulto à esquerda chamou a atenção de Jonas. Havia algo estirado na beira da estrada. Jonas percebeu o que era e deu o alarme.

– Olhe, pai! É o cachorro da menina! Pare o carro!

Dito pisou no freio de modo abrupto. A camionete guinchou, derrapando na terra até parar completamente, alguns metros adiante. Por sorte, a estrada estava deserta. A escuridão e o silêncio os cercavam. Jonas virou-se, pegou a lanterna no porta-luvas e desceu, apressado.

– Vou lá dar uma olhada.

– Espere aí, garoto! – disse seu Dito, desligando o motor. – Eu vou com você!

Mas Jonas nem o ouviu direito, tão surpreso estava com o imprevisto. Parecia ser o cachorro da foto, o da menina. A cor e o tamanho combinavam. Só podia ser ele.

Enquanto se dirigia ao local onde vira o animal caído, um movimento inesperado o surpreendeu. Foi percebido de relance, na incerteza, devido à baixa luminosidade da lanterna. Mas podia jurar que...

O cachorro havia se arrastado para dentro da plantação de modo sinistro.

Jonas parou de andar e deteve o pai, que vinha logo atrás.

— Espere! Parece que está ferido... — ele sussurrou, desconfiado. Havia algo incomum acontecendo ali. Jonas sabia que o animal não se movera como se estivesse ferido. Na verdade, pareceu-lhe que alguém o tivesse puxado com força para que saísse da estrada.

Como se fosse uma isca. Como se quisesse atraí-los para o atalho.

O sinal de alerta disparou na cabeça de Jonas. Ele pressentiu perigo e seu coração começou a acelerar.

— Pai, é melhor voltar pro carro e ligar o motor — pediu Jonas, recuando, sem se virar pra trás. — Eu só vou dar uma espiada no que tem ali e saio correndo se for alguma coisa estranha.

— *O quê?* — resmungou o Dito — Eu também quero ver!

Jonas caminhou na frente, com cuidado, até o ponto onde vira o cão ser puxado. Havia uma trilha de sangue ali, que saía da estrada e adentrava pelo matagal num rastro sinuoso. As folhas amassadas e pés de milho partidos ao redor evidenciavam o movimento.

O silêncio foi quebrado por ruídos que Jonas não conseguiu identificar a princípio. Um resfolegar ritmado, como se alguém estivesse se alimentando. Ele sentiu o corpo arrepiar. Firmou o pé na entrada da trilha, inclinou a cabeça e levantou a luz da lanterna.

O que viu, deixou-o totalmente apavorado. Sua reação foi de pânico.

— Corra!

Dito atrapalhou-se com a reviravolta e quase caiu. Não era homem de se assustar com pouca coisa, mas rendeu-se ao ver o filho alarmado. Entraram na camionete e partiram à toda.

Tudo havia acontecido em segundos. Jonas sentiu as pernas falharem e quase deixou a lanterna cair, mal podia respirar.

A criatura estava debruçada sobre o cachorro, alimentando-se dele. Era horrenda, diferente de tudo que já tinha visto, mesmo nos filmes de ficção científica! Da altura de uma criança, seus olhos eram grandes e vermelhos, as orelhas, pontudas, e o focinho, longo e circular. Seu corpo lembrava o de um macaco, mas era liso e sem pelos, com uma espécie de crista de espinhos que subia do meio das costas até o alto da cabeça. Os braços, pequenos e desproporcionais, terminavam em três garras longas e afiadas. A boca era assustadora, exibia caninos grandes e proeminentes. Um tubo gosmento se projetava de dentro dela e perfurava o corpo do animal. Era por ali que ela sugava o sangue!

Ao perceber a presença de Jonas, a criatura encarou-o e arreganhou os dentes. Seus olhos brilharam de modo assustador, iluminados pela lanterna. O rabo, que terminava em seta, ergueu-se como o de um escorpião e balançou ameaçadoramente, apontando para Jonas que continuava ali, paralisado de medo, com olhos arregalados, como se apenas esperasse ser atingido.

Foi o medo de ser atacado que o tirou do transe.

Quando voltaram ao local, mais tarde, junto com o veterinário e outros homens armados, encontraram a carcaça do cachorro, mutilada, sem um pingo de sangue... e com a língua arrancada! Jonas estava arrasado, em choque. Tornara-se testemunha dos fatos que vinha pesquisando até então.

No dia seguinte, resolveram levar o bicho morto para a fazenda e mostrá-lo a seu Valdemar, que comparou os ferimentos feitos em seus animais. Todos concordaram que eram do mesmo tipo: mutilações variadas, ausência total de sangue e nenhuma pista que revelasse o agressor.

Os homens organizaram grupos e, baseados na descrição de Jonas, andaram pelos arredores e fazendas vizinhas por meses, à procura do intruso assassino. Nunca conseguiram encontrá-lo.

Muitos outros animais serviram de pasto para a criatura horrenda. Novos avistamentos foram relatados nas cidades vizinhas e mais distantes.

Àqueles que resistiram aos encontros com a fera, só resta passar a lenda adiante. Mesmo que haja demora, a verdade sempre descobre um jeito de se revelar.

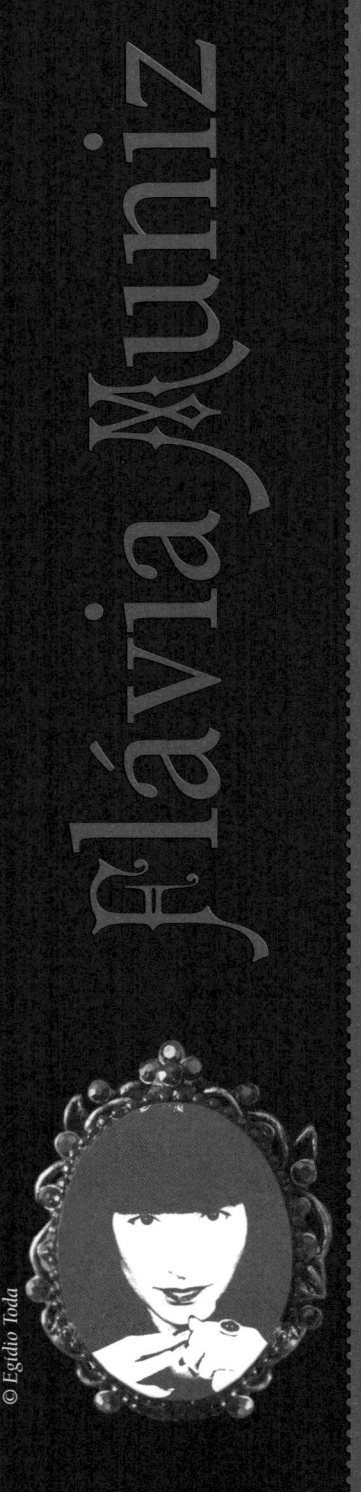

Flávia Muniz é pedagoga, escritora e editora, com mais de sessenta obras publicadas para jovens e crianças. Algumas delas foram traduzidas para o espanhol, indicadas ao Jabuti e receberam prêmios, além de indicações da crítica especializada. É autora de *Os Noturnos,* romance vampiresco, *Viajantes do infinito* (ganhador do APCA como Melhor Livro Juvenil em 1991), *Fantasmagorias* e *Os Vampirados*, entre outros. É fã de cinema, teatro e leitora de livros de ficção, horror e fantasia. Adora bibliotecas, sebos e estantes repletas de histórias.

Sua ligação com a temática de suspense é coisa dos tempos de criança, da vivência com a família contadora de histórias e causos de assombrações, de leitora ávida de HQs, livros e séries deste gênero na TV.

Acredita que a boa história de suspense é a mais desafiadora para estruturar, pois deve reunir elementos eficazes para vencer a incredulidade do leitor. Essa ideia a faz perseguir a forma mais eficaz na construção do texto de horror. Gosta de gatos e é fã de bruxas. Site oficial, Casa na Floresta: www.flaviamuniz.com

Manuel Filho

A mulher do táxi

Quando criança, Leila detestava o aniversário de sua irmã Sara, que morrera em um acidente de automóvel, no exato dia em que iria comemorar 16 anos. A partir de então, aquela data, supostamente de comemoração, apenas deixava a família triste. A menina costumava acompanhar a mãe chorosa até o cemitério para uma visita ao túmulo da falecida.

À época do desastre, Leila tinha apenas cinco anos. No momento em que ele ocorreu, ninguém achou que tivesse sido algo sério: o carro apenas batera de quina em um ônibus. Os amigos de Sara saíram do carro para ver o que tinha acontecido e estranharam quando ela permaneceu sentada. Quando tocaram nela, sua cabeça pendeu, amolecida. A janela de seu lado estava aberta no momento do choque e um pedaço de metal escapou da roda do ônibus atingindo-a

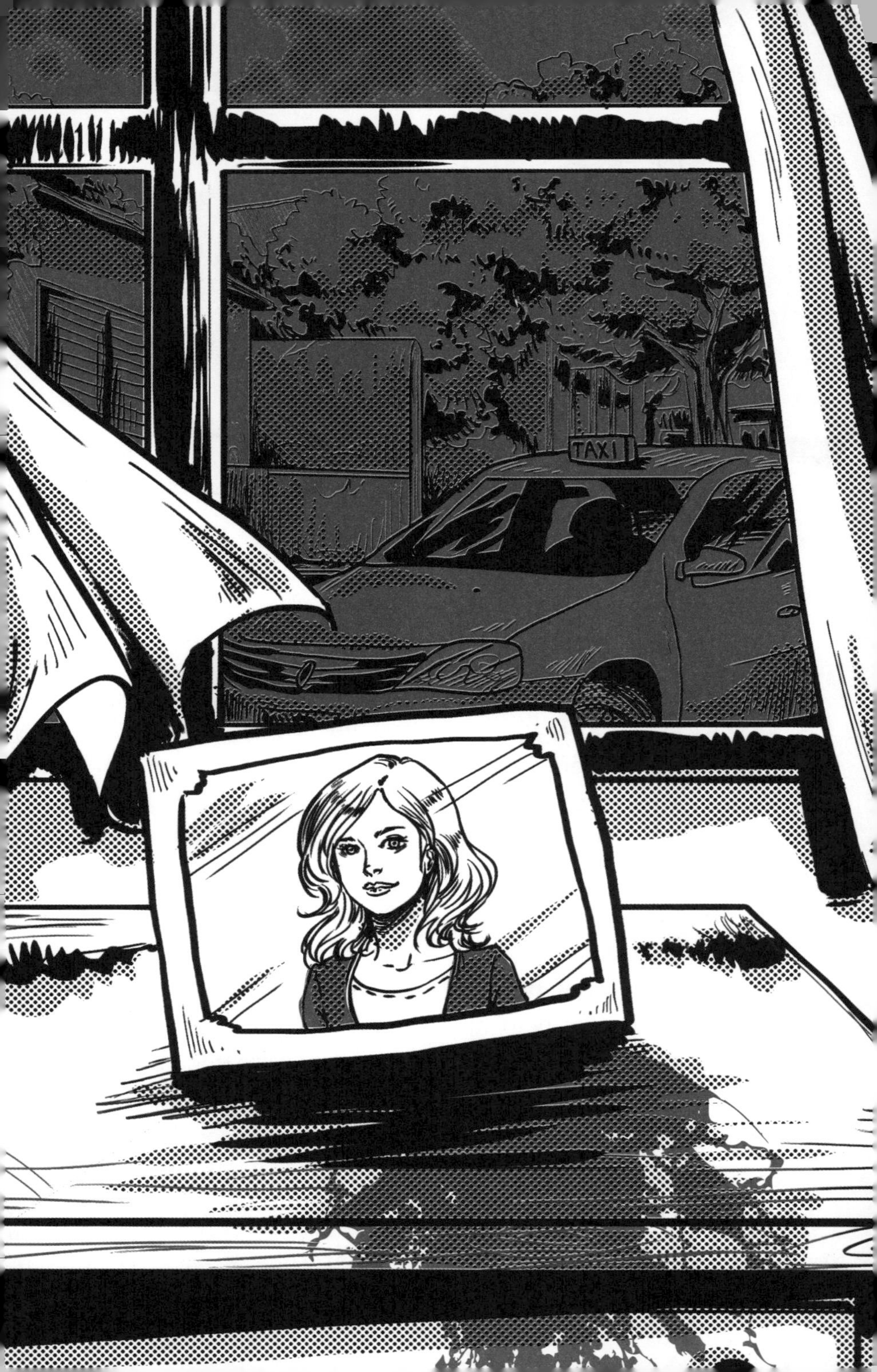
TAXI

na cabeça. A garota não resistiu ao impacto. Foi terrível enterrá-la no dia de seu aniversário. O pai das meninas não se conformava de jeito nenhum e ficou deprimido por vários meses.

O tempo passou e, apenas dois anos depois do enterro, aconteceu algo surpreendente. Leila não se recordava dos detalhes, apenas da rotina: foram ao cemitério, depositaram flores, voltaram para casa e fizeram várias atividades aleatórias para que aqueles momentos de tristeza acabassem rapidamente. Então, na manhã seguinte, a família recebeu uma visita inesperada. Um taxista parou à porta da residência e tocou a campainha.

– Bom dia – disse o homem. – A senhora é dona Stella?

– Sim – respondeu a mãe, desconfiada, uma vez que não solicitara qualquer tipo de serviço.

– Vim receber uma corrida – completou ele.

A mulher, confusa, falou:

– Acho que o senhor se enganou de casa. Aqui ninguém...

O homem a interrompeu e pediu a confirmação do endereço. Ela respondeu que estava correto.

– Ontem, dirigi a noite inteira com uma moça no táxi. Ela pediu para ver lugares bonitos, passear pela cidade. Foi a minha última viagem e até fiquei bastante cansado, porque...

– Moça? – interessou-se dona Stella.

– Sim, loira, cabelo um pouco abaixo do pescoço, bonita – ele, então, pela porta entreaberta, observou uma foto na parede. – É aquela ali!

A mulher olhou para trás e inquietou-se.

– Mas, não pode ser...

O homem esticou o pescoço para ver melhor a foto e disse:

– É ela mesmo, tenho certeza.

– Mas, senhor, ontem fez dois anos que minha filha morreu!

O homem teve um mal-estar. Tinha achado realmente inusitado o local e horário em que a havia pego: próximo a um cemitério, à meia-noite. Também estranhou o fato de que ela não tocava em absolutamente nada. Ele teve que abrir e fechar a porta do táxi toda vez que ela desejava entrar ou sair.

– E onde o senhor a deixou? – interessou-se a mãe.

– No cemitério. No mesmo lugar em que a peguei.

Acabou não acontecendo nenhum pagamento; o homem foi embora assustado, largando a família desconcertada. Durante todo aquele ano, eles concluíram que foram vítimas de uma brincadeira de mau gosto, porém, nos seguintes, a história se repetiu, sempre com um taxista diferente.

Foi então que o temperamento de dona Stella começou a se transformar. Já não ficava tão triste no aniversário de Sara e aguardava ansiosamente o dia seguinte, quando teria notícias da filha. No momento em que chegava o taxista, pedia detalhes: se a menina estava bem vestida, sobre o que tinha falado, se perguntara pela família... Mas a resposta era sempre a mesma: Sara apenas pegava o táxi, pedia para rodar pela cidade e, pouco antes de amanhecer, solicitava que fosse deixada no cemitério. Apenas indicava o endereço da mãe para que a conta fosse paga.

Stella e o marido tentaram localizar Sara, em certo aniversário, porém, sem sucesso. Fizeram uma pequena ronda pelos arredores do cemitério, próximo à meia-noite, e não encontraram nada diferente. Até notaram que um taxista parou o carro, mas não viram ninguém entrando. No dia seguinte, para sua surpresa, aquele mesmo automóvel estacionou diante da casa deles para a cobrança da já esperada corrida. Julgaram que a filha não desejava ser vista por eles, e nunca mais a procuraram.

Leila, a jovem irmã caçula, nunca soube ao certo o que se passava. Embora tivesse vivido poucos anos com a irmã, guardava com carinho e amor todas as lembranças daquela época. Apreciou não ter mais que ir ao cemitério naquela data e o fato de o humor dos pais ter se modificado. Porém, conforme foi crescendo, percebeu que, nos encontros de família, surgiam conversas estranhas. Sempre que o assunto girava ao redor de Sara, pediam que ela se afastasse.

Começou a ficar curiosa e, o pior, a se sentir rejeitada. Por que não podia ouvir as histórias de sua irmã? Qual era o problema? Um quadro imenso, com várias fotos de Sara surgiu na casa, mas nenhum novo retrato de Leila apareceu.

Quando a garota perguntou por que ela não ganhara um semelhante, a mãe lhe respondera que ela não precisava, pois estava sempre presente. Leila não se convenceu com essa explicação, pois já tinha escutado de seus pais que Sara jamais havia saído do coração deles, então, nunca fora esquecida. Percebeu que sempre havia uma grande expectativa pela chegada do aniversário da falecida. Já, no dela própria, não sentia a mesma coisa.

Passou a observar cada vez mais as imagens da irmã. Notou que tinham o mesmo tipo de cabelo e olhos semelhantes. A família vivia lhe dizendo que, quando sorria, lembrava muito Sara. Então, Leila se viu diante do espelho imitando o sorriso da irmã. Ela sabia que dona Stella havia guardado muitas coisas da falecida. Passou a pedir para ver e experimentar as bijuterias e joias de sua irmã. No início, a mãe sentiu um pouco de ciúmes, mas acabou cedendo e emprestando as peças mais simples; imaginou que suas duas filhas poderiam ter sido grandes amigas.

Quanto mais Leila ficava parecida com sua irmã, maior era a atenção que recebia. Isso ampliou seu desejo de deixar de ser a garota sem graça, que ela passou a julgar que fosse. Queria ser lembrada e querida como Sara.

Então, finalmente, conseguiu presenciar uma das famosas conversas de sua mãe com aqueles taxistas. Seus pais achavam que ela pudesse ficar muito impressionada com aquele tipo de história e decidiram poupá-la até quando julgassem que ela estivesse pronta para toda a verdade. Mesmo o pai ficava incomodado e decidiu que não queria mais ouvir coisa nenhuma. Normalmente, providenciavam para que Leila não estivesse em casa no dia seguinte ao aniversário de Sara. Porém, daquela vez, a garota fingiu que estava doente e pôde ficar em seu quarto. Ouviu quando o táxi estacionou. Sabia que a atenção de dona Stella estaria inteiramente voltada para ele e, assim, esgueirou-se até ficar ajoelhada no patamar da escada do sobrado. Dali, poderia ouvir perfeitamente o que era dito na sala.

Sua mãe não escondia a alegria e, radiante, convidou o taxista para entrar. O homem descreveu tudo o que acontecera na noite anterior, com detalhes: o encontro com Sara no cemitério, o passeio, os aspectos estranhos e o retorno ao mesmo local.

De forma a não assustar qualquer taxista, dona Stella aprendera a dissimular a verdade, algumas vezes nem contava toda a história, deixava que o homem acreditasse que se tratava apenas de uma moça comum. Porém, naquele dia, a mãe se referiu à filha com tanto carinho e saudade, que Leila não pôde deixar de se emocionar enquanto escutava. Ao perceber que o taxista se retirava, a garota retornou ao seu quarto com uma decisão: no ano seguinte, tentaria encontrar sua irmã.

E o tempo voou. Leila prosseguiu em seu projeto: o de se transformar. Seus amigos estranharam, pois ela passou a destoar bastante da turma. Sempre que falava sobre a irmã com seus pais, colocava bastante carinho nas frases, o que lhe garantia atenção imediata.

Finalmente chegou a tão esperada noite. Sara foi novamente lembrada em seu aniversário, mas o que a mãe esperava ansiosamente era a visita do taxista no dia seguinte.

Leila disse que ia a uma festa, o que não levantou suspeitas, pois era sábado, e arrumou-se de maneira especial. Achou um casaquinho que pertencera a Sara e dona Stella, inclusive, disse que ela estava muito bonita com aquela roupa. Saiu, foi ao cinema, passeou pelo shopping, comeu alguma coisa e aguardou que o horário se aproximasse.

Tomou um táxi e pediu para ser deixada no cemitério. Eram 15 para meia-noite quando chegou, faltava pouco para a possível aparição. A garota olhava para os lados, com medo; toda a situação começou a ficar bastante apavorante. Estava sozinha, num lugar deserto, assustador e torcia para se encontrar com um fantasma. Não tinha ideia de como iria reagir.

Então, viu ao longe, um táxi. Ela imaginou que ele ia passar direto, mas percebeu que o carro vinha em sua direção. Achou estranho, pois não tinha feito qualquer sinal, mas ele diminuía a velocidade. Terminou passando lentamente por ela e, de repente, parou. Pouco atrás, sua irmã Sara com a mão estendida. Leila não podia acreditar: ela estava igualzinha às fotos em sua casa. Não era à toa que os taxistas a reconheciam imediatamente.

– Sara! – gritou Leila. A garota virou a cabeça, olhou para ela e sorriu. Leila não sabia o que fazer, se a abraçava, chorava... Apenas se aproximou. – Sou eu, sua irmã.

– Há quanto tempo! – disse ela sem fazer menção de abraçá-la ou qualquer tipo de toque. – Você está linda com essa blusa.

– Obrigada – respondeu Leila.

– Vocês vão entrar ou não? – reclamou o taxista. – Esta vai ser a minha última viagem.

– Quer passear comigo? – indagou Sara.

– É o que eu mais quero! – alegrou-se Leila.

E assim foi. Aconteceu exatamente o que se comentava. Sara não tocava em nada, apenas Leila abria ou fechava a porta do automóvel. Sua irmã era bela, doce e com voz encantadora. Passearam a noite toda.

Ao se aproximar o dia, Sara pediu para ser levada de volta ao mesmo local em que tinha embarcado. O taxista atendeu ao pedido e quando chegaram, Sara desceu.

– Obrigada – disse ela ao taxista. Para a irmã, completou:
– Adorei te rever, está linda.

Leila, sem saber o que falar, sugeriu:

– Você não quer vir comigo? Mamãe vai adorar te rever...

– Não posso – afirmou Sara.

Foi então que Leila se encheu de coragem e perguntou.

– Será que eu não poderia ir com você?

– Não sei... – afirmou Sara.

— Queria muito, não pude fazer isso da primeira vez... — Leila não se lembrava de ter acompanhado o corpo de Sara até o túmulo no dia de seu enterro.
— Então, venha... — falou ela, docemente.
O taxista solicitou seu pagamento e Sara lhe informou o usual. Pediu que anotasse o endereço de sua mãe e que fosse lá receber. O homem, vendo que nenhuma das duas tinha dinheiro para pagar aquela corrida, concordou. No dia seguinte, ele foi à casa de dona Stella. Mal estacionou o carro, a mulher surgiu.
— Eu vim receber uma corrida...
— Claro, claro, como é que ela estava? — inquiriu dona Stella, com a mesma ansiedade de sempre.
— Ela quem?
— A garota que tomou seu táxi ontem à noite! Venha, entre! — O taxista seguiu a mulher, que lhe mostrou uma foto de Sara e perguntou. — Foi ela, não foi?
— Sim — afirmou o homem dando uma olhada pela casa. — Ela e aquela outra ali também.
Dona Stella não entendeu quando o homem apontou para uma imagem de Leila.
— O senhor deve estar se confundindo — sorriu ela. — É que as duas são muito parecidas.
— Não, não me enganei não. São as duas, sim. Elas andaram no meu táxi ontem à noite, tenho certeza.
— Mas não pode ser... — respondeu a mãe. — Essa aqui é a Leila, ela ainda deve estar dormindo, no seu quarto... — decidiu chamar a filha. — Leila! Leila, desce aqui.
Durante o silêncio que se seguiu, o homem encarou a mulher achando que ela estivesse meio perturbada. Dona

Stella o deixou e subiu as escadas. Abriu a porta e o quarto estava vazio. Assustou-se. Seu marido desceu com ela, que gritava o nome da filha. Não a encontrou na cozinha. Então, pegou o telefone e ligou para o celular de Leila. Não obteve qualquer tipo de sinal, nem mesmo a caixa postal. O taxista, julgando tudo uma enorme confusão, aproveitou para ir embora, aceitando o prejuízo. Os pais não se conformavam com aquilo, continuaram procurando pela filha ligando para todos os amigos dela. Ficaram sabendo que não existira qualquer festa na noite anterior.

Foi então que, de repente, alguma coisa chamou a atenção de dona Stella na televisão: reconheceu imediatamente o cemitério e o túmulo no qual Sara estava sepultada. A repórter dizia, de maneira instigante, que haviam encontrado uma moça morta no cemitério em situação misteriosa. Não existia qualquer sinal de violência no corpo e ela estava deitada sobre um túmulo.

Dona Stella deixou de escutar o que a repórter repetia sem parar. Verificou, assustada, que a roupa que a garota usava era idêntica àquela com que sua filha saíra na noite anterior. Recordou-se da história do taxista. Sentiu calafrio, temor e, antes que desmaiasse, gritou entre lágrimas:

– Leila!

Manuel Filho

O homem do saco

Se arrependimento matasse, Juca, agora, estaria esticado no chão.

Não hesitou em participar de um jogo da verdade. Divertiu-se bastante quando era sua vez de perguntar. Teve sorte e acabou ganhando um beijo da menina que ele achava a mais bonita da escola.

Porém, quando chegou sua vez de responder, a brincadeira acabou perdendo totalmente a graça. Tremeu quando a garrafa apontou para ele e, do outro lado dela, estava o Válter, um cara de quem não gostava e vice-versa. E o sujeito não teve dúvida em fazer com que ele parecesse criancinha diante das garotas.

— Fala pra gente, Juca. É verdade que quando você era moleque o homem do saco te levou embora? – e riu em seguida.

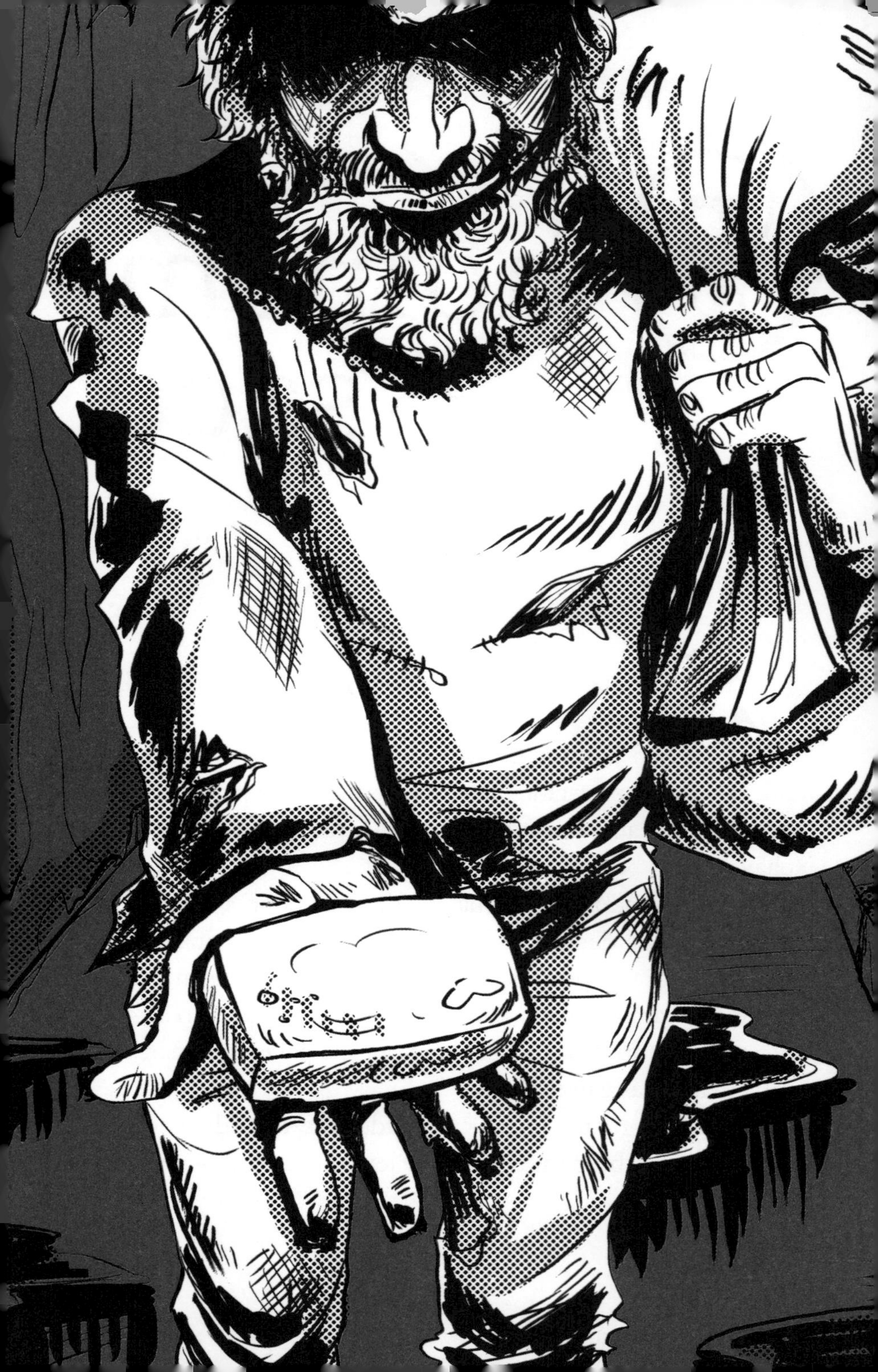

Todo mundo encarou Juca, pois aquela história corria pelo colégio havia muito tempo e despertou curiosidade quando eram crianças, mas Juca nunca tinha sido questionado em público sobre aquilo. Sentiu raiva, disfarçou e disse:

— Que pergunta idiota, Válter. Só podia ser sua mesmo. Se o homem do saco tivesse me levado embora, eu não estaria aqui agora.

Ele então pegou a garrafa, participou de outra rodada, mas logo tocou o sinal e voltaram para a sala de aula. O garoto, porém, se esforçava para disfarçar seu incômodo. Levara anos para se esquecer do que tinha acontecido e, agora, de repente, voltava a relembrar tudo.

Juca tinha um temperamento forte e costumava se atirar gritando ao chão do supermercado quando queria alguma coisa. Era bastante malcriado. Certa vez, uma tia presenciou aquela cena e lhe disse, de forma assustadora, que o homem do saco pegava crianças desobedientes e as levava embora para fazer sabão da carne e botões com os ossos. Sentiu receio na hora, mas, com o tempo, se esqueceu daquilo e continuou fazendo suas artes.

Porém, certo dia, numa feira, armou seu rotineiro escândalo para pedir um pastel, que recebeu. Coincidentemente, a mesma tia ameaçadora apareceu e começou uma conversa com a mãe do garoto.

Juca viu um filhote de cachorro perdido e foi lhe oferecer um pouco de carne. O cãozinho se aproximou e ele acabou pegando-o no colo para brincar. Então, de repente, surgiu diante dele um homem velho, sujo e malcheiroso que trazia um grande saco nas costas. Ao vê-lo, o menino quis correr, mas o estranho colocou o saco diante dele, e disse:

— Quem mandou você pegar meu cãozinho, seu peste?

— Eu não fiz nada — respondeu choroso colocando o bichinho no chão, que fugiu assustado.

— Pronto, escapou, pode se perder, ser atropelado... Você gostaria que eu tomasse alguma coisa sua, muito importante ou valiosa? — perguntou o homem. — Pois isso vai acontecer, moleque malcriado. Só não te levo agora no meu saco porque tem muita gente por aqui. Mas há de me pagar! Aprenderá a não pegar mais o que é meu.

Antes que Juca pudesse responder, a mãe apareceu desesperada. As lágrimas rapidamente se transformaram em fúria e ela ordenou que ele nunca mais se afastasse dela em locais públicos. A tia presenciou tudo e disse que o garoto tinha tido muita sorte, pois afirmou que avistara o homem do saco fugindo da feira. A partir de então, sua mãe passou a tomar muito cuidado com ele e nunca mais aquela situação se repetiu. Quando saía com ela, se sentia preso, pois andava somente de mãos dadas.

E aquela história correu pela família, primos e acabou chegando até o colégio.

Juca não achou que aquelas lembranças fossem mexer tanto com ele.

Saiu da escola, despediu-se dos amigos e tomou o rumo de casa. Estava um dia bastante quente e ele decidiu comprar um sorvete. Observou as residências e o pouco tráfego. Evitava seguir por ruas movimentadas, usando vários atalhos, meio desertos, e caminhos que, de tão estreitos, mal permitiam a passagem de um carro.

Quando terminou o sorvete, sem pensar duas vezes, jogou o pálito de plástico no chão e prosseguiu. Porém, se lembrou de que os daquele sorvete estavam com uma promoção, e talvez estivesse premiado. Voltou-se para pegá-lo e, de repente, levou um susto.

Logo atrás, segurando o palito, estava um velhote sujo, barbudo e magro com um saco nas costas.

– Ei, isso aí é meu! Pode largar! – gritou Juca tentando disfarçar um incômodo.

– Não é seu, não – respondeu o homem. – Estava no chão e agora me pertence.

– É meu sim, só deixei cair – reclamou o garoto.

– Eu peguei na calçada. Agora é meu. Olha só... Tem alguma coisa escrita nele: "Vale uma bicicleta".

O velho deu um sorriso, jogou aquela preciosidade dentro do saco e saiu andando. Juca ficou muito bravo. Foi atrás exigindo o palito de volta. De repente, o homem se virou e disse:

– Você quer mesmo? Ele é "valioso" pra você? – Juca o encarou sem saber o que responder. – Então, olha, está dentro do saco. Quer procurar?

O homem o abriu, mas Juca se manteve distante.

– Eu não vou pôr minha mão aí, não. Só me devolve e pronto. Aí eu vou embora...

– Tem certeza? – insistiu o homem. – Você quer mesmo este palito de volta?

– Ele é meu!

– Então, aqui está. Pode pegar, mas, lembre-se, você ainda está me devendo uma coisa "valiosa". Te dei uma chance e você perdeu! – riu devolvendo o palito ao garoto.

Juca não prestou atenção no que lhe foi dito. No momento em que abaixou os olhos para verificar seu prêmio, indignou-se, não havia nada, nenhuma bicicleta. Ao tentar reclamar, o velho havia desaparecido. Achou estranho, pois o fedor do homem ainda pairava no ar. Esse cheiro lhe trouxe à memória o ocorrido na feira. Recusava-se a acreditar naquilo, deveria apenas estar impressionado com antigas lembranças. Atirou o palito no chão, com raiva, e prosseguiu seu caminho.

Até chegar em casa, refletiu sobre o que tinha acontecido naquele dia: era muita coincidência. Desde que o Válter tocara naquele assunto, havia tanto tempo adormecido, foi como se alguma coisa ruim tivesse despertado.

– Filho, preciso dar uma passadinha no banco. Olha sua irmãzinha pra mim. Volto logo – dizendo isso, a mãe de Juca pegou a bolsa e saiu correndo.

Ele teve que obedecer, meio de má vontade, pois já havia combinado um jogo com os amigos. Como a mãe disse que não demoraria, se conformou.

Sua irmã não dava muito trabalho. Só uma vez, ele se distraiu, e a menina quase atravessou o pequeno jardim que levava ao portão de saída. Ela podia ficar horas brincando com suas bonecas. Juca tinha apenas que cuidar para que ela não escapasse para a rua. O garoto escolheu um gibi para ler, e, de repente, a campainha tocou. Levantou-se e abriu a porta para ver quem chamava. Levou um susto: era o velho.

– Tem alguma coisa usada pra dar?

O garoto encarou-o com repulsa, parecia mais sujo e estranho. Respondeu secamente.

– Não tem nada – e já ia fechando a porta, quando o homem insistiu.

— E sabão? Quer comprar sabão ou botões? Sou eu mesmo que faço — ele abriu o saco e exibiu algumas barras de sabão bem grosseiras.

Juca respondeu que não e, novamente, quando pretendia voltar para sua revista, foi questionado:

— E a menina, posso dar um botão para ela?

Juca olhou para baixo e viu sua irmã tentando passar pela porta. Ele a puxou para dentro e, quando ia repetir que não queria nada, alguma coisa chamou-lhe a atenção para o saco. Teve a certeza absoluta de que ele tinha se mexido. Olhou novamente e confirmou, havia alguma coisa se esforçando para sair. O velho deu-lhe uma sacudida e o que quer que estivesse lá se acalmou. Porém, Juca ouviu um som, baixo, abafado, em tom choroso.

— Socorro, me deixe sair daqui, por favor!

O garoto fechou a porta assustado. Aguardou alguns instantes até escutar o velho indo embora. Quando se sentiu seguro, espiou cautelosamente e o homem não estava mais lá. Resolveu ir até o portão. Antes, certificou-se de ter trancado a porta para proteger a irmã. Estava com medo, mas também muito curioso.

Percebeu que ele acabara de dobrar uma esquina. Saiu, caminhou rapidamente, escondeu-se atrás de um muro e esticou o pescoço para ver o que estava acontecendo. O velho havia colocado o saco no chão e revirava um grande cesto de lixo. Juca o observava com cuidado, quando, de repente, o saco se mexeu novamente. Realmente não havia dúvida, alguma coisa estava tentando escapar. Juca verificou os arredores, mas estava sozinho. No momento em que olhou novamente levou um grande susto: viu um braço para fora do saco. Em pouco tempo, saiu outro e logo a cabeça de um garoto. Ele tentava se arrastar, parecia preso em alguma coisa, como se fosse uma gosma, uma pasta viscosa.

– Sabão! – gritou Juca arrependendo-se e em seguida voltando para detrás do muro. Lembrou-se das histórias ameaçadoras de sua tia.

Atraído pela voz, o velho se virou e descobriu a tentativa de fuga. Com bastante violência, empurrou o garoto de volta para o saco e o fechou com um nó apertado. Depois, pegou um pedaço de pau e bateu nele por várias vezes.

– Fique quieto! – berrou. – Você não pode sair daí. Até o fim desta noite você vai virar sabão...

Ao ouvir aquilo, Juca correu para casa. Chegou sem fôlego e sentou-se no sofá. De repente, estranhou o silêncio. Alguma coisa parecia errada, deveria estar ouvindo os barulhos da sua irmãzinha brincando com as bonecas.

Foi até os quartos e nada, não a encontrou. Tinha certeza de que havia trancado a porta, a garota não poderia ter saído, mas... Juca a abriu novamente e avistou, no meio do jardim, uma boneca. Correu até ela e, ao erguê-la do chão, um pequeno botão caiu. Ele abaixou-se, pegou o objeto e percebeu que era esbranquiçado, parecia... poderia ter sido feito de... osso.

"O homem do saco pegou minha irmã!", pensou. Tinha que ir atrás dele e rápido, não poderia ter ido longe. Não dava tempo de esperar o retorno de sua mãe; o sujeito poderia desaparecer e nunca mais ser encontrado. Ele não ia simplesmente sumir com sua irmãzinha, tão... preciosa. Juca, então, compreendeu o que o velho queria de "valioso".

Ficou aflito. Com tudo isso na cabeça, partiu à procura daquele ser maldito.

Pouco tempo depois disso, sua mãe retornou. Abriu o portão, atravessou o pequeno jardim e estranhou ter encontrado a porta aberta. Viu alguns brinquedos pelo chão e não demorou para que observasse sua filhinha saindo detrás do sofá.

– Sentiu falta da mamãe? – Em seguida falou: – Juca, cheguei! – aborreceu-se ao não obter qualquer resposta. – Esse menino...

Procurou-o pela casa e não o localizou. Olhou no quintal dos fundos e nada. Ficou nervosa, pois ele não poderia de forma nenhuma ter saído sem avisar, ainda mais deixando a menina sozinha. Caminhou com a criança até o campinho e os garotos reclamaram, inclusive, que ele não tinha aparecido para jogar. Ela, então, retornou à casa, na expectativa de encontrar o filho.

Mas não o localizou, nem naquele dia, semana ou mês. O menino desaparecera completamente. Ninguém na vizinhança o tinha visto e todos se empenharam em procurá-lo.

Os pais de Juca só reuniram forças para continuar vivendo porque tinham a filha para criar, mas não terminava um dia em que não fossem à delegacia, ou gastassem horas na internet tentando descobrir alguma pista. Para qualquer pessoa, pediam informação, todos que passassem em sua frente.

Então, semanas depois, enquanto a mãe caminhava pelas ruas atrás do filho, deu de cara com o velho do saco e perguntou, mostrando-lhe uma foto:

– O senhor... Será que não viu o meu menino?

Ele olhou a imagem, esboçou um breve sorriso e disse:

– Um filho é um bem bastante precioso. Só a nossa própria vida pode valer mais. Isso sim é "valioso". – Ele segurou a foto e completou: – Não, não vi... Mas... Será que a senhora não gostaria de comprar um pouco de sabão? Sou eu mesmo que faço, e este aqui tenho certeza que a senhora vai apreciar, é fresquinho, ficou pronto ontem à noite.

Sempre me interessei por histórias fantásticas e de assombração. Morria de medo dos filmes de Drácula com o ator Christopher Lee. Antigamente, esses filmes só passavam às altas horas da noite, e eu não podia assistir. Mas buscava por informações e detalhes, principalmente os que me deixassem com "frio na espinha". Também ficava impressionado com contos sobre a vingança dos mortos ou quando eles pediam por algum tipo de ajuda.

Com o tempo, descobri que existem outros monstros horríveis, prontos para assombrar o nosso dia a dia, como os lobisomens, por exemplo. Agora, finalmente chegou a minha vez de escrever histórias que, talvez, não sejam totalmente ficcionais. Se alguma coisa acontecer com você, eu não tive culpa, pois deixei este recado por aqui. Depois não diga que não avisei! Já publiquei mais de vinte livros e até ganhei um prêmio de literatura bem bacana, o Jabuti. Para saber mais, dê uma olhadinha no meu site: www.manuelfilho.com.br.

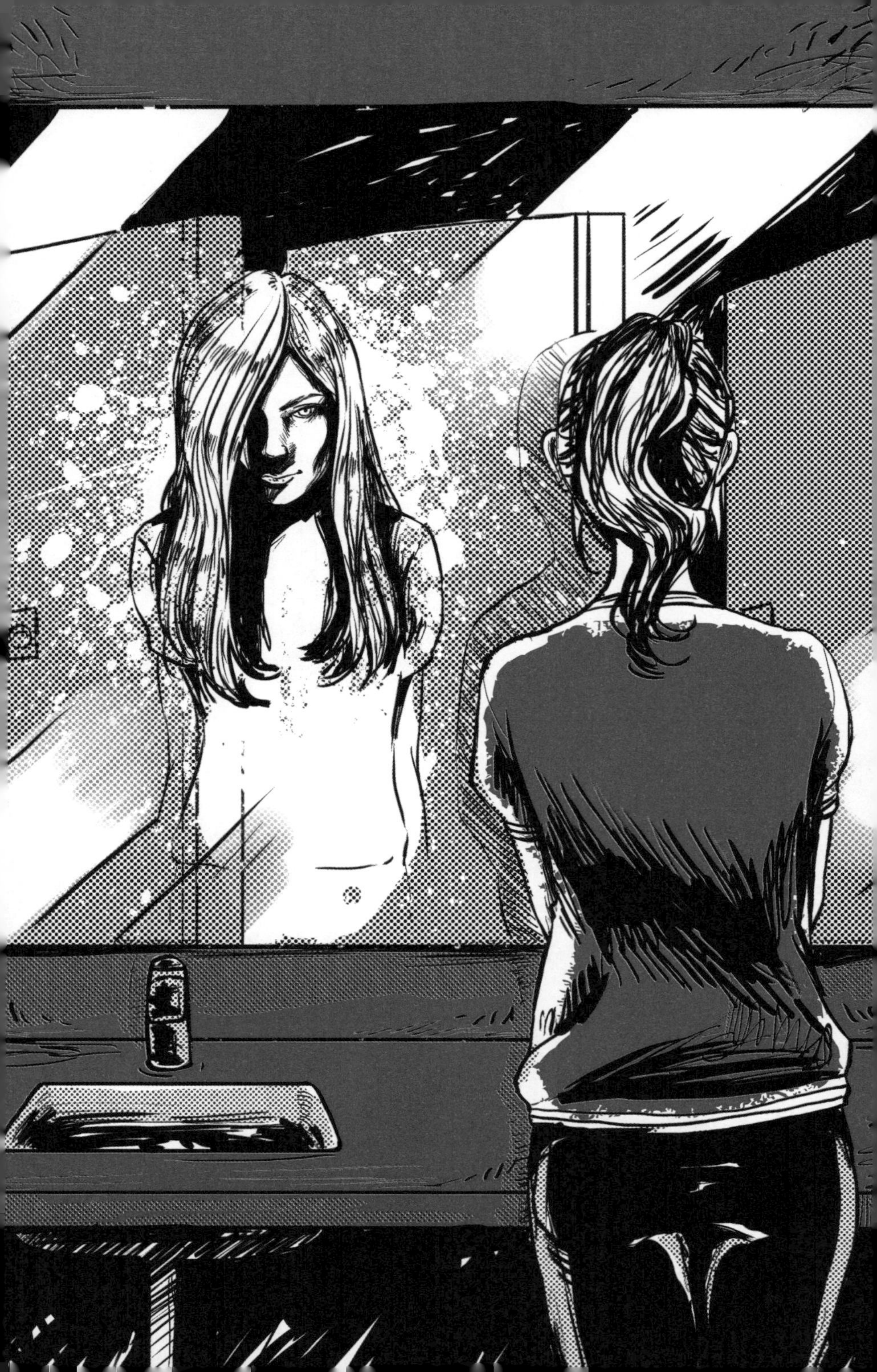

Encontros com a loira do banheiro

Shirley Souza

Escola nova sempre dá um frio na barriga. É ruim a sensação de chegar a um lugar onde todos são amigos e você não conhece ninguém. E, se isso acontece no meio do semestre, então... é pior. Parece que os grupinhos já estão formados e não há muito espaço para gente nova.

Pois foi exatamente essa a situação que Luana enfrentou. Chegou vestindo jeans e camiseta e destoando da turma que usava o uniforme do colégio.

Sentou-se em uma carteira vaga no meio da sala, e ficou pensando que ali não era um bom lugar para fazer amigos – longe do fundão onde a conversa corria solta, e exposta demais para falar com qualquer um sem ser percebida.

No meio da aula de geografia sentiu-se sufocada, precisava respirar. Levantou a mão, pedindo licença para ir ao banheiro.

Notou que todos os olhares fixaram-se nela. Ruborizou. Que mal tinha em ir ao banheiro? Sentiu-se ainda mais alienígena em território inimigo.

Saiu da sala com vontade de não regressar, saudades de seus amigos que ficaram para trás, na outra escola...

Luana foi ao banheiro tão vagarosamente quanto uma lesma teria percorrido o trajeto. Lavou o rosto, ajeitou o cabelo e voltou com o mesmo desânimo para a classe.

Os olhares dos novos colegas esperavam por ela e um zum-zum-zum foi ouvido assim que se sentou. Ficou intrigada, pensando em que teria feito para causar aquele agito.

Assim que o sinal tocou, indicando o fim da aula, Mariana levantou-se e foi até a carteira de Luana:

– E aí, você se encontrou com ela? – perguntou sem sequer apresentar-se para a nova colega.

– Ela quem? – Luana não entendeu nada.

– A loira. Você foi ao banheiro, não foi?

– Fui... e parece que a turma inteira percebeu isso.

– E você não encontrou com a loira do banheiro?

– Você está de gozação comigo? – Luana não gostou, pensou que era vítima de uma brincadeira sem graça.

– Não é zoeira, não. A Mari está falando a verdade – garantiu um menino, do fundo da sala.

– Valeu, Pedro! – agradeceu, Mariana.

A professora de matemática entrou e a conversa foi interrompida. Luana ficou com uma sensação esquisita. Não queria começar dessa forma. Não era um bom jeito de se enturmar.

Ela gostava de matemática, mas isso não foi o suficiente para fazê-la prestar atenção à aula. Só ficava pensando na história da loira do banheiro, lenda que de tempos em tempos reaparece nas escolas e apavora os mais novos. Em seu antigo colégio isso aconteceu uma vez, era pequena, estava no terceiro ano e lembrava de nunca ir ao banheiro sozinha, com medo de encontrar o fantasma.

O que a incomodava era os colegas tentarem usar algo tão infantil para assustá-la. Torcia para a brincadeira acabar ali e tudo ser esquecido, mas seu desejo não se realizou. Assim que o sinal do intervalo tocou, um grupinho rodeou a carteira de Luana. Mariana e Pedro lideravam a turma, por isso a garota ficou na defensiva:

— Se for para continuar com aquela besteira da loira, podem parar. Estou com fome e quero comprar um lanche...

— Mas não é besteira! — falou Gabriela. — Ela existe de verdade. Não é, Rafa?

— É, sim! A loira é o fantasma de uma menina que estudou aqui na escola e morreu assassinada no banheiro — explicou Rafael.

— Esfaqueada... — completou Mariana.

— Mas... ela estava matando aula e escorregou no piso molhado e bateu a cabeça na pia. Não foi assim que ela morreu? — perguntou Gabriela.

— Foi tudo isso, Gabriela! — garantiu Pedro. — Matou aula, escorregou, bateu a cabeça e depois foi esfaqueada por um bedel assassino e morreu... O sangue da loira tornou o banheiro um lugar maldito!

— Gente, quanta bobagem! — concluiu Luana, abrindo espaço para sair do meio dos colegas e ir em busca de seu lanche.

— Não é bobagem, garota! — Mariana falou em tom ameaçador. — A escola inteira sabe disso. Ninguém vai ao banheiro sozinho por aqui.

— Certo. Obrigada por avisar. Mas eu fui e não vi loira nenhuma por lá.

— Foi muita sorte sua! — disse Gabriela, com os olhos arregalados e admiração na voz.

— Agora, dá licença... chega de fantasma! Estou com fome... — Luana saiu, deixando os novos companheiros para trás e sentindo que estavam realmente querendo aprontar alguma com ela.

Entrou na fila da cantina e percebeu que, em uma mesa próxima, um grupo de alunos da sua turma tomava o lanche e olhava para ela.

Assim que comprou o que queria, viu uma menina fazendo sinal para que se sentasse com eles. Era Letícia, que se apresentou e também aos colegas. Luana já estava relaxando, comendo e pensando que nem todos ali eram esquisitos, quando a garota perguntou:

— Você não viu a loira mesmo?

Luana quase engasgou com o sanduíche:

— Você também com essa história, Letícia? Isso é um trote, não é?

— Não, Luana. Todo mundo aqui sabe que a loira existe de verdade. Parece que foi uma professora antiga da escola, que cometeu suicídio no banheiro...

— Eu ouvi outra versão da Mariana e da turma dela — Luana respondeu rindo.

— Não importa quem ela era — Letícia afirmou. — Importa é que existe mesmo um fantasma no banheiro da escola e todos sabem disso.

— Um monte de gente já viu a loira no espelho... — falou baixinho a Paola. — Às vezes, ela passa rápido atrás da pessoa, como uma sombra! Outras vezes, aparece com o nariz cheio de algodão... e com os olhos sangrando.

– E tem aquela menina do nono ano que invocou a loira, lembram? – Maurício perguntou e todos concordaram. – O fantasma apareceu de corpo inteiro para ela.

– E o que aconteceu? – Luana questionou fingindo interesse e acabando de comer.

– Ninguém sabe – Maurício respondeu. – A garota sumiu do colégio e nunca mais foi vista por ninguém.

Luana não aguentou e caiu na risada:

– Fala sério, galera! Vocês acreditam mesmo nisso tudo? Será que ela não mudou de escola ou algo assim?

– Não foi isso, não! – garantiu Letícia. – Teve um outro menino que estudava à noite que fez a mesma coisa. Invocou a loira e morreu!

– Ele não morreu, ele sumiu... igual a menina do nono ano – corrigiu Paola.

– Se morreu ou sumiu, não importa! – concluiu Maurício. – O fato é que ninguém nunca mais viu o cara.

– E vocês conhecem esses dois que desapareceram? – Luana perguntou tentando mostrar o absurdo da situação.

– Não... isso aconteceu faz tempo... – explicou Paola. – Mas todo mundo diz que é verdade.

– Então, tá – Luana cansou de discutir. – Eu não acredito. Essa história da loira do banheiro acontece em todo canto. Lá onde eu estudava também teve uma época em que o povo falava uma besteira assim... mas passou. Nada disso existe mesmo, mas se vocês acham que é verdade eu não posso fazer nada.

Luana saiu daquela mesa com duas certezas: não seria fácil fazer amigos normais naquela escola; e ela iria provar para todos que não existia nenhuma loira fantasma no banheiro.

Nos dias que seguiram, Luana continuou pedindo para sair no meio da aula. Tomava o cuidado de escolher um professor diferente a cada dia, e fazia isso sem qualquer necessidade, apenas com o objetivo de provocar os colegas.

Saía da sala, ia ao banheiro e voltava com ar vitorioso.

Nunca cruzou com qualquer loira fantasmagórica em seu caminho... Aliás nunca encontrou ninguém. Parecia que a escola toda levava a sério aquele medo de ir ao banheiro sem companhia. O mais estranho era que nem os meninos circulavam fora do horário do intervalo. Perguntava-se se o banheiro masculino também seria assombrado pela tal loira, mas não tinha coragem de questionar ninguém sobre o assunto e reacender a discussão.

Ao contrário do primeiro dia, ninguém mais a procurou ou tentou uma aproximação. Todos pareciam ter medo dela, e Luana percebeu isso. A única que buscava conversar com frequência era Mariana, mas a menina sempre vinha com o alerta de que Luana deveria parar com as idas solitárias ao banheiro, o que incentivava ainda mais que ela continuasse teimando.

No início da semana seguinte, Luana já estava cansada de manter a rotina de desafio, saindo da sala em algum momento para seu não encontro com o fantasma. Entretanto, sentia que não podia parar. Se parasse, seria como aceitar o medo que tentaram lhe impor.

Foi naquela terça-feira, a segunda que estava na escola, que começou a duvidar do que acreditava. Em sua saída habitual, depois de jogar uma água fria no rosto, assim que levantou a cabeça, teve a sensação de que havia alguém atrás de si.

Isso durou apenas um segundo, chegou a ver um reflexo no espelho, passando rápido por ela; não era uma pessoa, era uma sombra. Sentiu um calafrio.

Luana voltou acelerada para a sala, pensando se seria mais um passo das brincadeiras de seus colegas, duvidando do que tinha visto ou sentido. Imaginou se alguém a teria seguido para aplicar o trote, mas não parecia que um dos companheiros houvesse saído da classe.

Essa experiência fez com que Luana quase desistisse de provar que a loira do banheiro era só uma lenda. Mas, justamente naquele dia, Letícia a procurou na hora do intervalo:

— E aí, teimosa, ainda não se encontrou com a loira?

— Você não vai parar com essa brincadeira, Letícia?

— Não é brincadeira, Luana. Uma colega da prima de uma amiga da Michele do sexto ano B jura que viu a loira no espelho do banheiro na sexta-feira passada. Ela foi a última a sair do banheiro depois que deu o sinal e só ela enxergou o reflexo da loira. A menina ficou tão assustada que não falou mais nada!!! Ficou muda!!!

— Se ela ficou muda, como vocês sabem que foi por causa da aparição da loira???

— Ah... sei lá! O que sei é que você está arriscando a sua vida, Luana!

Aquela história da colega da prima da amiga de não sei quem fez Luana recobrar a vontade de mostrar para seus amigos que tudo era uma besteira enorme. Porém, ela estava cansada de sair em meio às aulas e começava a achar que dessa forma não iria convencer ninguém sobre a inexistência da loira.

Foi por isso que, no intervalo da quarta-feira, Luana procurou Mariana e sua turma. Queria conversar com eles e descobrir um jeito de resolver a situação, o que aconteceu de uma forma inusitada.

— O que foi? — perguntou Pedro vendo-a aproximar-se. — Você não saiu para ir ao banheiro hoje... Desistiu de teimar que a loira não existe?

— Não é nada disso, moleque. Por mim, estou a fim de fazer qualquer coisa para vocês pararem com essa baboseira.

— Você é doida de não ter medo da loira — observou Gabriela.

— Vocês é que são doidos.

— Se é tão corajosa assim, por que não faz a invocação?

— Pega leve, Pedro.

— Ah, Mariana... se ela não tem medo e nós é que somos os otários, deixa ela provar...

— Faz isso não, Luana.

— Isso o quê, Mariana?

— O ritual. Todo mundo que fez a invocação se deu mal.

— Aqueles dois que ninguém conhece e se deram mal depois do ritual, é isso?

— Todo mundo... — reafirmou Gabriela.

— Pois querem saber? Eu faço essa droga de ritual. E, se eu fizer, vocês vão parar com essa besteirada de loira fantasma?

— Eu topo! — falou Pedro, esticando a mão para selar o pacto.

A essa altura, quase toda a sala tinha se reunido em volta deles, esperando para ver no que daria aquele desafio.

— E como é esse ritual? — perguntou Luana e, para variar, ouviu todo o tipo de resposta.

— Precisa chamar "Loira do banheiro" cinco vezes na frente do espelho — explicou um.

— Tem que dar descarga três vezes, chutar o vaso com força e olhar rápido para o espelho! — completou outro.

— Aquela menina que viu a loira outro dia e que ficou muda, explicou que precisa pegar três fios de cabelo, jogar dentro do vaso sanitário, falar três palavrões, dar três descargas e apagar a luz. Aí ela aparece... — garantiu uma garota.

— Ah, tá! E o que eu faço disso tudo? — interrompeu Luana, já sem paciência.

— Faz tudo isso, ué! — concluiu Pedro e todos pareceram concordar. — Se ela não vier desse jeito, você prova para todos nós que somos uns medrosos sem noção.

— E quando eu vou invocar a loira? Hoje?

— Vamos esperar uma aula vaga. Aí ficamos do lado de fora escutando, para ter certeza de que você fez o ritual.

— Fechado! — falou, mostrando a segurança que não tinha.

Pelo menos, depois disso, não precisou sair mais de aula nenhuma só para afirmar que não acreditava em fantasmas.

Estranhamente, Luana não se sentia mais tão segura sobre suas convicções. Desde aquele dia em que tivera a sensação de que mais alguém estava no banheiro, aparentemente vazio, não teve tanta certeza de que tudo não passava de uma brincadeira. Contudo, seu lado lógico era mais forte e continuava a insistir que a situação era absurda.

Na semana seguinte, na quinta-feira, sua turma teve a terceira aula vaga. A professora, por um problema de saúde, faltou, e a escola não conseguiu substituí-la em tempo.

E lá se foi a galera toda para a porta do banheiro feminino. Só o Marcelo não foi. O nome dele saiu no sorteio de quem deveria ficar de olho na entrada do corredor do banheiro. Se alguém aparecesse ele deveria correr para avisar a turma.

Os diversos rituais de invocação foram relembrados para Luana, que entrou no banheiro decidida a resolver aquela situação. Sentia-se ridícula por fazer aquelas idiotices, quase gritando para que os colegas ouvissem do lado de fora. Também sentia-se mal por ter um medo crescente de tudo o que considerava idiota.

Após dar as descargas e encerrar o último ritual, ficou aliviada por nada acontecer e saiu vitoriosa do banheiro.

– E aí? Você viu alguma coisa? – perguntou Letícia.

– Nadica de nada... – respondeu Luana sorrindo.

– Ela não apareceu nem no espelho? – quis saber Mariana.

– Claro que não! – assegurou Luana.

Como não havia mais o que argumentar, esqueceram o assunto e foram pegar uma bola para aproveitar o restante da aula vaga. Pela primeira vez, Luana sentiu-se parte do grupo e divertiu-se na companhia de seus colegas de classe.

Parecia que, de fato, a lenda da loira do banheiro deixaria aquela escola e migraria para alguma outra.

Entretanto, na sexta-feira, Luana chegou ao colégio com um leve mal-estar. Não tinha dormido bem durante a noite, acordou com dor de cabeça, mas ainda assim quis ir para a aula. Ali, na sala, estava arrependida. Seu estômago revirava. Devia ter ficado em casa descansando.

A professora de língua portuguesa percebeu seu desconforto e perguntou se queria ir embora. Luana concordou que seria melhor repousar, recolheu seu material e saiu apressada para falar com a coordenadora e pedir a dispensa. Precisava ir ao banheiro, não conseguia mais conter a forte ânsia de vômito.

Ajoelhada, sozinha, em frente do vaso sanitário, passando tremendamente mal, Luana não acreditou quando ouviu:

– Foi você quem me chamou ontem, não foi?

Luana não voltou para a casa naquele dia e em nenhum outro. Alguns dizem que ela desapareceu, outros asseguram que a loira do banheiro a matou e sumiu com o corpo, ninguém sabe dizer se ela de fato chegou a sair da escola.

Para os estudantes do colégio, a única certeza é que a loira realmente existe e assombra aquele banheiro e vários outros, apenas esperando ser chamada para fazer uma nova vítima.

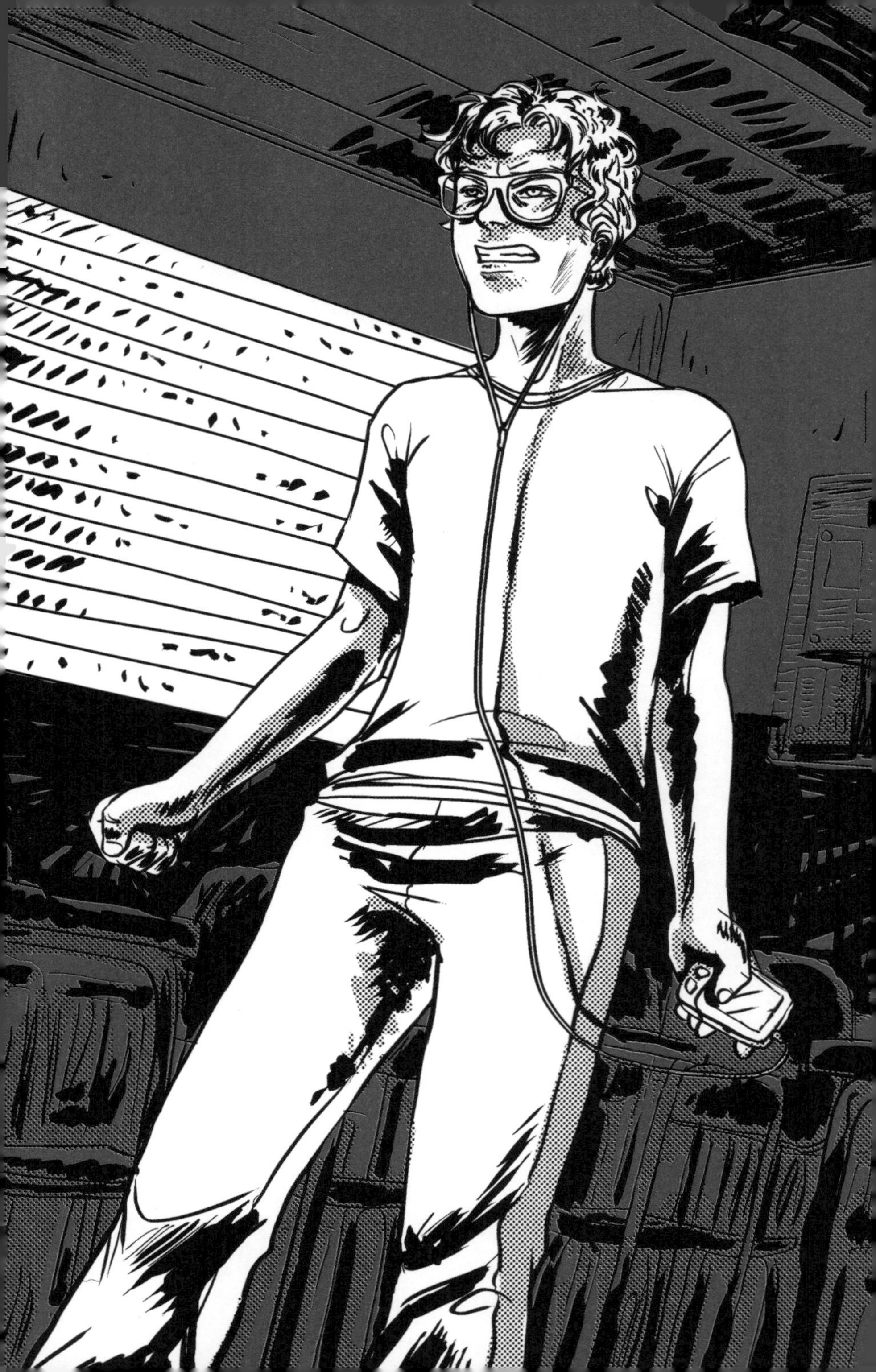

Shirley Souza

A mensagem do mal

Felipe sempre foi um cara tranquilo, muito na dele. Por isso ninguém entendeu o que aconteceu.

Edu, o mais bagunceiro da turma, provocava Felipe havia meses, com brincadeiras ridículas, mas o garoto ignorava, simplesmente não dava atenção.

Foi assim até aquela sexta-feira.

Quando Edu derrubou o seu caderno no chão e o chamou de *nerd* cegueta pela milésima vez, ele reagiu. Felipe parecia ter esquecido que estava em sala de aula, que o professor entraria a qualquer instante e mesmo que Edu era muito maior que ele.

Ninguém sabia como explicar de onde o menino tirou aquele canivete.

Foi uma confusão tremenda.

O corte que Felipe fez não foi muito grande, a lâmina pegou de raspão o braço de Edu, que deu um pulo felino ao ver a arma na mão do oponente. Mas o sangue espirrou, as meninas gritaram e os meninos correram para tentar segurar Felipe.

Não foi fácil.

Ele era pequeno, magricela, não dava para compreender de onde vinha tanta força. Foram necessários cinco garotos para detê-lo e arrastá-lo para a diretoria, com o professor de história esbravejando atrás.

Miguel, amigo próximo de Felipe, juntou o material que ficou espalhado pelo chão e guardou também o MP3 dele que, na confusão, fora parar debaixo da mesa do professor. O aparelho continuava a tocar um metal de uma banda nova que Miguel considerava totalmente *poser*. Desligou e o colocou na mochila, junto aos outros pertences do amigo.

Edu voltou depois de ter ficado uns vinte minutos na enfermaria. Tinha um curativo no braço e os olhos vermelhos, como se tivesse chorado. Apanhou seus livros e cadernos e saiu, sem falar com ninguém.

Felipe não voltou para a sala naquele dia, nem mesmo para buscar suas coisas. O professor, ao retornar da diretoria, disse a Miguel que levasse a mochila com ele, para entregar ao colega, ou deixasse na secretaria, se preferisse.

As aulas daquele dia demoraram a terminar. Era impossível fingir normalidade depois de tudo o que acontecera. O agito inicial da turma deu lugar a um silêncio desconfortável.

Quando o sinal indicou o fim do período, Miguel voltou para casa com duas mochilas: a sua e a de Felipe.

Passou a tarde sozinho, como sempre acontecia, mas naquele dia foi mais difícil. Sentia-se enjaulado, preso, sem poder fazer nada. Queria descobrir o que tinha acontecido com o amigo, ajudar, mas não conseguiu. Tentou, em vão, falar com Felipe. Nada de atender o celular ou o telefone em casa, nem de se conectar na internet. Sumiu... Miguel decidiu relaxar um pouco, e ficou horas ouvindo os rocks clássicos que conhecera com o pai, como Black Sabbath, Led Zeppelin, Pink Floyd e umas coisas não tão velhas mas que também não eram de sua época, como o Nirvana.

O rock pesado o acalmou.

A certa altura, pensou: "Além daquela bandinha *poser*, o que mais o Felipe escuta? Será que tem alguma coisa que preste?".

Abriu a mochila do amigo, pegou o pequeno aparelho e levou um susto assim que o ligou: só tinha aquela canção gravada, *Nobody will cry*, do Fly Demon, a banda de metal que mais tocava na MTV e a mais ridícula do mundo – na opinião de Miguel. Achava que a letra da música era romântica demais para um metal, chegava a ser brega. E os integrantes não tinham estilo próprio e ficavam muito esquisitos usando, em todos os clipes, chifrinhos que acendiam e apagavam em diferentes cores. Não entendia como faziam tanto sucesso.

Achou estranho Felipe só ter aquela música gravada, ainda mais porque vivia com os fones de ouvido nas orelhas. Quando falasse com ele, perguntaria sobre isso.

Mas não falou. No dia seguinte à confusão na escola, foram os pais de seu amigo que vieram pegar a mochila. Disseram que Felipe andava diferente havia semanas, desconfiavam que o filho estivesse usando drogas e decidiram mudá-lo de colégio. Mais do que isso: mandaram o garoto para a casa dos avós, no interior. Iria morar e estudar lá, assim ficava longe de qualquer má influência que pudesse estar sofrendo na escola ou na vizinhança.

Os pais de Miguel consideraram a decisão radical e precipitada demais, mas a família de Felipe não quis sequer conversar sobre o assunto.

A semana começou com o lugar de Felipe vazio na sala de aula, lembrando a todos a estranheza do que acontecera.

Era difícil voltar ao normal. Esquecer, impossível. Os comentários continuavam por toda a escola. Alguns concluindo que Felipe era estranho e devia ter problemas sérios, outros apostando na revolta dos que não aguentam mais ser alvo de brincadeiras estúpidas, uns poucos garantindo que forças do mal agiam no colégio.

E esses poucos, de início desacreditados, ganharam apoio na sexta-feira seguinte.

Exatamente uma semana depois do incidente com o canivete, na hora do intervalo, uma briga violenta mobilizou todos os alunos. Duas garotas do sétimo ano lutavam como se estivessem em um octógono de MMA, e ninguém sabia explicar por quê. Ali, na quadra, os colegas não procuravam apartar a briga, ao contrário, pareciam se divertir com a violência e com o fato de a menina menor estar dando uma verdadeira surra na maior. Miguel viu o celular da pequena voar para longe em meio à pancadaria.

Precisou o bedel aparecer e fazer muita força para acabar com a luta e carregar as duas para a diretoria. A garota menor não parava de se debater e a turma começou a dizer que ela estava possuída.

Aos poucos, o pessoal se dispersou e Miguel foi direto apanhar o celular caído no chão. Percebeu que ele ainda executava a música que a menina ouvia durante a briga. Ficou surpreso ao ver novamente o nome *Nobody will cry* no visor.

"Será que todo mundo só escuta isso?", pensou ao mexer no aparelho e verificar que não havia nenhum outro arquivo armazenado nele. Dessa vez, como não tinha qualquer intimidade com as envolvidas na confusão, deixou o celular na secretaria, para que fosse devolvido.

No final de semana, Miguel não conseguia tirar da cabeça a ideia de que a canção do Fly Demon tinha algo a ver com aquela agressividade toda. Só não entendia qual era essa relação. O metal era melódico, a letra, açucarada... mas era estranho que nos dois episódios a única música gravada fosse aquela.

Pesquisou na internet mais informações sobre a banda e aquela canção, mas não achou nada de interessante. Acabou desistindo e decidiu fazer algo de bom com seu tempo livre.

Com jeitinho, pediu ao pai se podia ouvir os vinis que ele guardava como se fossem objetos preciosos e extremamente raros, os LPs dos grupos de rock de verdade que ambos admiravam. Depois de repetir a sequência interminável de recomendações e cuidados necessários, seu pai permitiu. Miguel escolheu um deles e colocou no toca-discos. O pai aproveitou para ouvir o som junto com o filho.

Mas, na primeira faixa, a decepção. A agulha do aparelho ficou enroscada no mesmo ponto, não conseguia ir adiante, o resultado foi um ruído horrível.

– Eu não fiz nada! Eu juro! – disse Miguel, na defensiva.

– Deixa eu ver o que acontece... – respondeu o pai, sério, indo para perto do toca-discos.

– Tá estragado? – perguntou Miguel.

– Esta faixa está... Ela está riscada! – falou, segurando o LP nas mãos e caindo na risada.

— Você tá rindo??? Seu vinil estragou e acha engraçado??? — Miguel não entendeu nada.

— É que essa faixa está riscada desde que eu tinha a sua idade, filho. Já havia esquecido disso...

— E por que você riu?

— Porque lembrei de como risquei essa música.

— Deve ter sido algo bem legal, para você não estar louco da vida porque seu LP raro já era.

— Só essa faixa já era, ok? E foi algo bem maluco! Eu e uma galera ouvimos dizer que essa música tinha uma mensagem demoníaca escondida. Para ouvi-la era preciso tocar o disco ao contrário... Tanto que fizemos isso, que acabamos riscando o LP! – e recomeçou a rir.

Miguel ficou muito intrigado com essa história de mensagem demoníaca escondida na canção.

— E vocês encontraram? – perguntou ansioso.

— Nada! Cada um dizia que tinha ouvido uma coisa diferente. Acho que a gente queria acreditar, sabe? Aí, colocava o disco e escutava qualquer coisa... mas de verdade não encontramos mensagem alguma. Eu sei que, na época, eu tinha até medo de ouvir essa música sozinho. Só tocava quando a galera estava junto.

— Mas tem algo escondido ou não tem?

— Sei lá! Eu lembro que, depois que isso começou a ser comentado em tudo quanto é canto, algumas bandas resolveram brincar e colocaram mensagens ocultas em suas músicas... Só dava para achar quando o disco era tocado ao contrário. Fizeram isso só por zoação. Vamos escutar a outra faixa?

Ouviram o disco todo e Miguel não conseguia tirar aquela história da cabeça: "Será que essas mensagens escondidas existem mesmo?". No domingo, decidiu pesquisar o assunto na internet e ficou surpreso com o que encontrou. Aquela música riscada no LP de seu pai aparecia entre as listadas como demoníacas. Um site dizia que, quando executada de trás para frente, era possível ouvir: "aqui está, para o meu doce Satã" ou "eu canto porque vivo com satã".

Tinha um link para um áudio do Youtube com a canção tocada invertida. Miguel escutou o trecho que era acompanhado por legendas e ficou na dúvida. Fazendo força era possível identificar uma dessas frases. Mas, sendo bem sincero, seu pai tinha razão, estava mais para "acreditar que ouviu" do que para "ouvir de verdade" a tal mensagem em meio a ruídos diversos.

O site trazia trechos de várias músicas de artistas famosos em todo o mundo, todas com supostas frases ocultas. Ele foi clicando nas gravações, todas de trás para frente, e percebeu que muitas eram uma besteira, mas algumas eram bem convincentes.

Decidiu que precisava dar um jeito de tocar a *Nobody will cry* ao contrário, mas não sabia como fazer isso. Começava a desconfiar de que aquela canção poderia entrar para essa lista do site. Ao mesmo tempo em que pensava isso, achava a ideia ridícula.

No domingo à noite, encontrou um programa capaz de tocar um MP3 de todas as formas possíveis, experimentou mas não descobriu nada na música. Ficou frustrado. Precisaria de mais tempo para investigar, ouvir com calma.

Na segunda-feira, Miguel comentou com a galera o que havia descoberto. A maioria das meninas ficou com medo. Disseram para ele parar de ler essas coisas. Bruna defendeu a banda e garantiu que eles só falavam de amor. A opinião masculina era diferente e bem diversificada: uns garantiam que muitos grupos conseguiram sucesso fazendo um pacto com o demo, com certeza o Fly Demon era um deles; outros diziam que se esses metaleiros realmente colocavam mensagens ocultas em suas músicas, eles eram ainda mais irados; e outros afirmavam que tudo isso era uma enorme besteira...

Só Milena interessou-se de fato pelas pesquisas de Miguel. Foi ela quem contou algo bem estranho para ele:

– Você sabia que os satanistas, as pessoas que adoram o diabo, usam as orações cristãs, lidas de trás para frente, em suas missas negras?

– Missa negra?

– É o nome da missa feita para o mal.

Miguel ficou ainda mais perturbado.

– Você acha que essa história de mensagem na música tocada de trás pra frente pode ser verdade? – perguntou para a colega.

– Eu acho que pode. Se essas bandas fizerem um pacto com o diabo, podem fazer como os satanistas, não é? Parece bem convincente essa ideia de mensagens invertidas nas músicas... eu acho...

Durante a semana inteira Miguel não desistiu. Passou muitas horas escutando *Nobody will cry*, invertendo a canção e tentando encontrar algo que pudesse ter motivado os atos de violência de Felipe e daquela garota do sétimo ano.

O pior é que, depois disso tudo, ele sentiu que estava como que viciado na música e tinha vontade de ouvi-la. Decidiu que era hora de parar, de tirar essa ideia da cabeça e voltar para o bom e velho rock, que tanto amava. Afinal, depois de uma semana investigando, não havia encontrado absolutamente nada de estranho.

No dia seguinte, logo cedinho, antes de ir para a escola, Miguel apagou todas as músicas de seu celular. Deletou todos os arquivos MP3 menos um. Apenas aquele metal do Fly Demon ficou gravado no chip. Ele fez isso sem perceber, sem pensar, apenas fez.

Naquela manhã, Miguel saiu de casa sem tomar seu café. Foi para a escola escutando *Nobody will cry*, repetidas vezes, sem parar. Seu corpo acompanhava o ritmo do metal, sua boca repetia a letra da canção, e seu olhar parecia distante, completamente vazio...

Shirley Souza

© Dani Sandrini

Adoro histórias que dão medo, principalmente as escritas. Ler uma narrativa de terror ou de suspense é um convite para imaginar, ouvir, sentir o perigo próximo... e isso me encanta. Assistir a um filme do gênero também é algo que não dispenso, mas não há nada como ler e enfrentar sozinha os monstros imaginados.

Sempre gostei de escrever e de desenhar, contar histórias sobre tudo o que me vem à cabeça. Já publiquei mais de trinta livros, mas meus primeiros contos de terror nasceram nesta coleção **Hora do Medo**. Foi bom ver meus monstros ganhando vida nessas histórias, fazendo coisas que nem eu esperava, agindo quase que por conta própria. Agora que estão prontos, espero que minhas criaturas tenham levado um pouco de medo até você e despertado a sua imaginação.

Se quiser conhecer mais sobre o que escrevi, visite o site: www.shirleysouza.com.br.